大地上的游吟者

王晓雨 著

一个女孩十余年的乡野风物之旅
在原野，在田间，在乡村，在街巷
探寻民间艺术、民族部落、神秘山水
重拾关于民间、关于生命本真的深度大美

北京航空航天大学出版社
BEIHANG UNIVERSITY PRESS

内容简介

这是一个十余年倾心民俗旅行的女孩心灵深处的吟唱，一洗当前游记图书浮光掠影、走马观花的旅游和写作形式，在原野，在田间，在乡村，在街巷，重拾关于民间、关于生命本真的深度大美。一次次踏上旅途，和着大地的节奏，且行且吟，俯身拾起阳光、湖水、旧瓦、落叶，以及那一段段写满朴素、平实的悲喜人生路。恍然间，发觉自己用了那么多年，下乡，探访一个个用手艺讨生活的人，遇见一些最美风景，吃一些鲜果绿蔬。但对于生命的意义、人世的美好，竟是不能够完全解读。此后的每次远行，在那弥漫着浓稠且粗粝的乡土气息里，好似更读懂了些那山水间的旅途故事，也又读懂了些那市朝里的生活故事。

图书在版编目（CIP）数据

大地上的游吟者 / 王晓雨 著 .-- 北京：北京航空
航天大学出版社，2015.5
ISBN 978-7-5124-1372-6

Ⅰ . ① 大… Ⅱ .①王… Ⅲ .① 游记 - 作品集 - 中国 -
当代 Ⅳ .① I267.4

中国版本图书馆 CIP 数据核字（2014）第 191811 号

大地上的游吟者

王晓雨 著
策划编辑：谭 莉
责任编辑：崔昕昕

*

北京航空航天大学出版社出版发行

北京市海淀区学院路37号（100191）http://www.buaapress.com.cn
发行部电话：（010）82317024 传真：（010）82328026
读者信箱：bhpress@263.net 邮购电话：（010）82316524
北京尚唐印刷包装有限公司印装 各地书店经销

*

开本：700×1000 1/16 印张：19.25 字数：233千字
2015年5月第1版 2015年5月第1次印刷
ISBN 978-7-5124-1372-6 定价：49.80元

若本书有倒页、脱页、缺页等印装质量问题，请与本社发行部联系调换。联系电话：（010）82317024

写在前面的话

在似水流年的青春时代，我极衷情于民间乡土艺术，固执地认定那里面，有经得起岁月的乡野风尚。为了心底那份至真至纯的美，说不清到底从何时起，背起了侗乡的绣包，穿起了刺绣盘扣的麻衣，就连同脚底的一双绣花鞋，也是针针手工出品。就这样在大地上且游且吟，为着一段往事，为着一曲歌声，为着一个族群，还有那红妆梦里的剪纸、刺绣，揣着如此简简单单的意念，就出发了。庆幸的，是那扇乡野风物之旅的大门，竟如同大地般宽厚得徐徐向我开启了。

那些年，每日清晨听着民歌小调醒来，写上几笔刚得来的民间诗集，然后背起行囊，终日往返于图书馆、书店的民俗书架之间。认真记录下一本本关于手艺人的笔迹和关于各类族群的田野调查日志。从绣娘指尖的绣品，到乡间农人耕作的犁耙，从有形的物品，再到无形的歌声，从手艺传承人姓名，到作坊村镇地点，纷纷详录在册。甚至为此，还专门请教过邻居家的北大民俗学专家。

那时曾有过些很奢侈的想法，若生活如宋代"采诗官"一般，日复一日地游走于民间，不断采拾田间地头的乡野芬芳，待日后分门别类整理成册，流芳后世，历久弥香。如此，一生将甚是美好。

忽一日，天公作美。在京城的某处旧宅府邸，觅得一段好姻缘。渐渐地，告别了那个唯有青春是最好的时代，思量着人生都需要重新出发了，也该为自己的民间乡土之旅重新释义了。于是，在某个"今朝风日好，或恐有人来"的午后，再度端详掌间那些旅途中得之不易的手工艺品。阳光下，仿佛它们也沉淀出了岁月的包浆，温润朴拙，贴心合意。泥娃娃眉眼处的娇憨，红纸上凤穿牡丹的柔情，木雕上喜鹊俏枝头里的蜜意，丝丝扣扣流淌着艺匠的人生底色。

他们是在人生的哪个阶段，成就了我手上的这件艺术品？他们现在也同样进入一个崭新的人生阶段了吗？他们是属于大地的，我也造化于此。那些旅途中相遇的人们，也许还会再见，再见时，我会带着人生中最值得骄傲的艺术品前来，你呢？

作　者

【目录】

【温暖山水】

那扇窗里的甘孜
郎木寺，我的喇嘛兄弟
通向天上的阶梯
草原的边缘是云在流浪
樱桃红了没

一〇

甘孜 郎木寺 色达 白城 临夏

一

琼岛春荫的傍晚，总有一两对花发老者相携而来，并不急于落坐知春亭内，而是选一处湖边平石，可以面向那粼粼波光和遥遥远山的地方，轻轻坐下，静待晚风。接着毫不慌张地在石桌前摆上包中备好的茶点小菜，面朝玉泉落日，不忘再拢拢镀了浅金的银发。眼前望到昆明湖水上一双飞燕的翩跹，以及一对野鸭的振翅双飞，隔岸处白玉带与绿丝绦朦胧且柔美。最后，老人把眼波停在那湖面零星几只小船儿荡起的涟漪里，想来不知勾起多少残梦与相忆。

渐渐的，先是万寿山昏黄下来，继而龙王庙绯紫了，最后殷红的是十七孔桥。湖畔游人围聚一团，为这皇家园林的难得景致驻足雀跃，摄友握紧快门为这等待已久的天赐光线心中暗喜。那对老人仍在琼岛一角，吃着夕阳下的晚餐，平平常常说些家事，这好似静默的剪影，忍不住让人停留下来，心中如同那搅碎湖水的斜阳，泛起阵阵金属色的感动。

我们周围，那些太多让人动容的篇章，常常是用他或她又或是它的生命来谱写的。我喜欢那些用生命来见证的故事，那些坚韧的，妩媚的，华美的，平淡的，彪悍的，灵动的，热烈的，纯净的人世悲欢。直到自己也真正孕育过生命后，才又体味到了些其间不尽相同的深意。

与初生婴儿的第一次眼神交汇，与长途旅人的一段相遇，与春去秋来季候鸟的一程邂逅，与繁花秋叶的又一年寒暑送往。在做了母亲后，才悟到天地间的循环往复，我，竟也变作了造化的一部分。生生不息的自然奇迹是我们用生命创造的，我们执著地一步步翻过这历程的每一页，与时光并行，直到尽头，把这路走遍。那山一程、水一程的迢迢旅途，那风一更、雪一更的漫漫人生路上，有多少瞬间，我们为人与人之间的彼此温情传递所打动。独自天涯，梦阑酒醒后历历在目的有多少山水间流出的浓浓暖意，令独行独吟的你，偷弹湿泪。

一次又一次的旅程，一个又一个的寂寥夜。阖上双眼，记忆中的层层山水，不就是心灵对于美好渴求的图画吗？假如有一天，当你我一同置身某个最美圣地时，我们静息默想。天堂，是番什么模样？我的答案是，也许天堂只大抵如此，是延续了人世温暖与爱的另一个世界吧？

那扇窗里的甘孜

花朵，彩绘，猫咪，孩子，妇人。甘孜的窗，永远散发着一种丰盈与慢调的生活气息。甘孜啊，我两度为你而来，不为雪山，不为草原，不为白塔、喇嘛庙，只为那扇窗里最好的图画，它是与神灵相伴的生生不息。

甘孜，洁白而美丽的地方，我曾连续两年在同一个季节里经过。是深秋了，金黄的落叶洒满山谷，高原吹来的山风坦荡而直白。长途客车沿着川藏北线一路狂奔，每过一座雪山，每过一个湖泊，每过一片草原，仿佛那车窗

甘孜，看天高地阔

温暖山水——甘孜 郎木寺 色达 白城 临夏

窗下的花与猫

大地上的**游吟者**

都拾起了串串来自大地的回响。传说，甘孜城西北坡有一块形同绵羊的白玉，毛色洁白无暇，透过阳光，看上去闪闪发亮。斜靠车窗，正温习着关于甘孜的历史掌故，不经意瞟了一眼窗外，天地间变了颜色，正是横跨天际的彩虹，映入山谷间一波清润的卡萨湖中，那水天相接的美妙弧线宛若

繁花似锦的窗

天象，缀满高原上的吉祥祝福。自然的神力不由得让人心中默念"六字真言"，车上男女老幼的藏人也因这神灵的显现，而纷纷手拿念珠，双手合什，虔诚祈祷。

　　过了卡萨湖不远，就是甘孜了。车在一个被秋日暖阳笼罩的村庄停下，车门一开，走上来一个怀抱褴褓婴儿的藏族小妈妈。她独自带着小娃娃是要去州上看病？还是串一门亲戚？那娇嫩的小生命，肤色白皙，藕节样的手腕上戴着平安银镯，那藏族小妈妈高盘着长发，坠在耳边的蝴蝶，仿佛能与窗外金色的落叶一同翩飞，秋阳透过车窗铺洒了母女俩一身。客车在纷飞的黄叶里走走停停，那美丽的藏族小妈妈，本能地用一双渐已晒出高原色泽的修长手指，遮了那张无暇的脸。在大地最丰盈美好的季节，这样的图景令人看得发痴。

　　放下行囊，走在甘孜各式各样的窗前，那梯形、菱形、正方形、长方形甚至是六边形的藏式窗下溢满了一盆盆的艳丽花朵。甘孜的窗，在面对雪山的晨昏两时，有的是无法言说的宁静与美好。甘孜的窗没有古朴的木雕

温暖山水——甘孜 郎木寺 色达 白城 临夏

装扮，甘孜的窗没有厚重的砖雕承托，甘孜的窗没有城市的工业痕迹，甘孜的窗，有的只是手工艺人对美好生活的无尽描绘。甘孜的窗与雪山相伴，只用最平实的泥土、木料和颜料，就写下了高原人心中诗般的完美图画。那扇窗，谱出的是轻快的，庄重的，典雅的，柔美的音符，是甘孜人那来自高原的一份心底的热爱。那天我满心欢喜地收集着甘孜那纯净如水的窗子图影，我站在窗前拍照，那面半敞的窗里也印上了我的影子。

甘孜的那面窗下，有晒太阳的孩子与妇人；甘孜的那面窗前，有酸辣粉、酸奶子和油条；甘孜的那面窗里，有托腮凝视雪山的老妇和眸子漆黑澄澈的小伙儿。那面窗外摩托车在小巷中一闪而逝，放学的娃娃蹦跳的欢声笑语散落在窗前。那面窗我在秋季两次经过，那面窗清楚地写下，一扇门、一面窗、一盆花、一只猫，抑或是一条狗，给予一户人家的是那踏实静美的岁月。

那面窗，也让我认识了，一个甘孜的卓玛。

你在窗前，衬着红衣的笑容最先打动了我。你挥挥手让我同你一起坐在填了草料的麻布袋上，与两个老婆婆还有你的弟弟聊天。你明亮的眼睛在高原的阳光下毫无戒备，你拉着我的手正过来掉过去地看个仔细，与两个老婆婆说这双手长得好，不晒太阳，不干活，有福气。你问我一个人从哪里来又要到哪里去？我说，明年我还要来，但现在还不知道会到哪里去。我们并膝坐着，望着彼此，我赞美你笑容灿烂，双眼美丽。你挂着金坠子的耳眼儿让人妒忌，你分到手心里那一点点圣水的虔诚与庄重让人羡慕，你笑容背后那一份母亲的坚忍令人钦佩。我们在听不懂对方意思时，就手舞足蹈地比划着，我们的笑声引来了几扇窗内的张望。我掏出相机让你的弟弟给我们合影，我们如同姐妹般，肩靠肩，头并头，你表情羞涩，抓着我的手一直未松。那时高原的艳阳天，照着你，也照着我。

第二天我们相遇，是在大殿的外面，我在得到赐福圣水的退潮人群中一眼就认出了你的笑容，你照旧热情地拉着我的手走在前面。然后悄悄问，后面和我一起来的人，是老公？哥哥？朋友？我说你也是我的朋友。我们又回

各不相同的窗

推开窗，接收那阳光、雨露、云朵的信息吧

大地上的游吟者

到先前的窗下，坐在麻布袋上与那两个老婆婆聊天。这一次你问起我的名字，我掏出本子在上面写下来，还告诉了你他的名字，你开心得咯咯大笑。我们谈论着彼此的年龄，生活的家乡，身边的人，喜爱的食物。不一会儿，你放学的娃娃跑回来，缠在你怀里打算向你要些钱，去窗里的小卖部换回一袋零食。才想到，我一直忽略了娃娃的父亲，急忙向你问起他现在是否在甘孜，在你们身边？你有些惆怅地低了头，抿着嘴，不说话。其中一个老婆婆替你回答，说是她老公去了德格打工。去了多久？能给家寄回多少钱来？你把眼睛望到远方，说是才去，没多久。抿着的嘴角，透着思念与操劳。我见你眼中泪汪，借题说想看看你娃娃书包中的课本，你拿出一本甘孜小学数学的课本，上面同样印着只只小鸭子和串串红苹果，只是比汉语课本多了一行藏文。

是黄昏了，太阳渐渐隐去了雪山背后，你脸上的光彩也随之暗淡下来。我问山上什么时候来电？你说要等到九点后。我问那每天都要等到那么晚才能吃饭，写作业吗？你点头笑了笑。我说山下现在可能来电了，我们准备去吃点饭了，卓玛你也快回屋吧，冷了。高原的夜晚，总是来得那么迅捷，阳光逝去的冰冷好似一下便能把人吞没。末了的告别，你微笑着要走了我本子里写下你我名字的那页纸。必须要说再见了，我起身拍拍尘土，系好衣服拉锁，

甘孜的窗，宁静而美好

缩了脖子来抵御那高原的荒寒，心底的暖意却如同卡萨湖上的彩虹，是一份
流淌在天地间的深情祝福。

温暖山水——甘孜 郎木寺 色达 白城 临夏

郎木寺，我的喇嘛兄弟

夏日高原，一阵傍晚的急雨。手指冰凉，撑开伞，躲在房檐下，冷。你推开门把我请进屋里，炉子上放着烧得漆黑的壶，壶嘴呼呼地冒着白气。一个同样来避雨的美国女人冲我笑笑，继续望着窗外的雨，一瓣一瓣砸在地上的雨，同样冒着白气。屋里酥油味很重。你向炉子里不住地添着牛粪，火光跳跃着，带一点点羞涩的忽明忽暗。不一会儿，我手中多了一杯茶，暖了。

郎木寺晨曦

温暖山水——甘孜 郎木寺 色达 白城 临夏

白龙江与红石崖

　　那年夏天的郎木寺，我们都很稚嫩。我独自走过黄河的上游，在玛曲，在郎木寺，一路与老外住在一起，为了几片止泻的小小黄连素，竟让一个驻新加坡的美国摄影师感涕不已。甘南的云儿同羊儿一般悠闲，独个儿在草原

深处盘亘数日，不觉疲惫，亦不思念家乡。那个年
轻人毫无牵绊，无所顾及地躺在草地上晒太阳，采野
花，打了个盹儿后，断定此处就是梦中的天上人间。

那年夏天，在那个仙女般的葱郁小镇，独自
走过纳摩峡谷，红石崖，格尔底寺，赛赤寺，清真
寺，天葬台，白龙江，对莲花生大师降魔伏妖之地
满是赞叹与羡煞。每日清晨站在山顶，当双手轻轻
剥去缭绕白塔的雾霭时，当山谷中"六字真言"日
复一日地回荡时，独自望着那写满宁静与恬适的山
村，心中不觉充满感激。此地距创建寺院之初，已过
去了好几百年的漫漫烟尘，第一世活佛嘉参格桑的肉
身灵塔，依旧双手合什，跏趺而坐，仿佛仍为着在故
乡热土之上的弘法大愿，播撒着佛性的种子。

那年我穿着刚毕业时的明黄色运动衫，而你和
你的师弟已是绛红僧衣披身六年整了。一个又一个
夏天，飞逝而过。我们相识后的第五个夏日，已经
来了。

去往拉卜楞寺只为见上小白一面。小白在拉卜
楞寺佛学院学法已有两年，据说再有一年就可以得
到去拉萨学佛的机会。在佛学院的树荫下，我等着
你从教室出来，依旧是一团飘逸的绛红僧衣下露了
两条白皙结实的胳膊，近看仿佛眼中明亮澄澈的光
芒只比从前暗了些，不错，是小白。你说，都快认
不出我了。我说，你笑起来还是那样儿，没变。

现在夏河的藏文小学建得可真是好啊，楼外
还画了那么多漂亮的画。来夏河的路也修得那么棒
了，城里变得挺多，再过个几年过街天桥就该建了

温暖山水——甘孜 郎木寺 色达 白城 临夏

吧？昨晚刚到，就去找桥头原来那家雪域餐厅，说是早拆了，现在卖旅游纪念品那片就是了，帅气的小主人早从兰州毕业了，说是有事去了合作，他窈窕会跳舞的长发姑姑告诉我。中午那会儿，在桥头听一个合作人的弦子，听了好久，还有塔瓦秀玛那几条老巷子还像原来似的那么安静。昨天晚上到了之后，不想吃饭，就去街边喝了杯酥油茶，太甜了，像奶茶，还挺贵……在夏河临街的小饭馆二楼，我靠着窗子，一口气跟小白噼里啪啦说了一大车的话。

那，那小胖，他怎么样了？他的病重不重？他什么时候回郎木寺？怎么住了那么长时间医院？他迭部的家人来看过他吗？你呢，小白，这边佛学院什么时候结业？然后还回郎木寺吗？我唠唠叨叨急切地抛出一堆问题，想快些准确知道我那多年未见的喇嘛兄弟近况。

小白挠着头，在努力听清我的一个个问题。然后慢条斯理，一板一眼说，我们都好。小胖出院了，最近身体还可以，在阿坝，跟着活佛念经。我这里结业了，准备去拉萨一段时间，然后，应该还回郎木寺吧，因为师傅在那里。小白言语间，对自己的求法之路有些茫然，说起学佛的前途，眼中有些黯淡。

拉卜楞佛学院毕业也算是高学历了吧，你还担心什么呀？我问。

小白没说话。也许是外人不解的矛盾。正揣测着，本要想问小白，小白却先开口说，我还是喜欢郎木寺，那里最好，离合作也不远。

小白的老家在合作，恍惚记起几年前在郎木寺时，小白曾说过，因为他过分白皙的皮肤，总有其他僧人开他玩笑。小白默默喝着茶，把眼睛望到拉卜楞那大殿的金顶上。

小白和小胖

郎木寺那天的雨，下得断断续续，天黑得也很快，说话间屋外已是没了半点光亮，狗儿此刻也尽责地吠上几声。小白和师弟小胖都问我是不是饿了？饿了晚上就在这里吃饭吧，师傅不回来，出门给人念经去了。小胖胆子大，汉语说的比小白好，于是就不断主动向我发问，那时感觉自己就如同坐在大经堂前辩经，面对刀锋般凌厉的攻势，最后竟到了只顾忙于招架之地，或是小胖对雨前的那场辩经仍意犹未尽吧。小胖过午不食，于是小白默默去了屋外切肉、洗菜、蒸饭，最后对于只弄了一个菜来款待远方的客人很是愧疚。那顿高压锅焖出的饭香确是记忆犹新，记忆更深的是小胖对藏传佛教所具有的探索宇宙奥秘内涵的那一颗火热的追求之心，以及对皈依戒律的虔诚坚守。

饭后，小白和小胖又找出了许多照片和信件，都是游客从各地寄来的。

25

吉祥圆满

2006年7月27

甘南郎木寺曼赤寺院

邮政编码747205

远方遥寄的草原野花

小白、小胖让我读信给他们听，读到那些不懂的词就让我解释其中的意思。信里的人，知道彼此告别后，你我世界将会依然，但仍愿意写信寄往遥远的地方，诉说着各自远方世界里的悲欢生活。我坐在酥油味道的暖暖木屋里，一封接一封小心翼翼地读着，忽而觉得城市好像一段老去的影片，各式各样的字迹如同电影的配乐，翩翩地飘向郎木寺这个宁静的小镇，每一章都有熟悉又陌生的音符。渐渐的，天，彻底黑透了。暂别时，手上又多把手电，小白和小胖一直送到屋外很远的地方。脚下泥泞，眼前仅有一束光，心里没底，记得返回住处的路，沿了曲折小道，走了好一阵子。

回到家后，我也给这对一高一矮、一胖一瘦的师兄弟寄去照片，通了信件。不曾想过，这样的情谊，竟一直延续到如今。生病时，低落时，野花盛开时，你们都会为我送来惊喜的礼物和吉祥的祝福。芳香的藏药、娇艳的野花、袖珍的转经筒、静美的佛像、洁白的哈达，我的喇嘛兄弟一直在远方向我传递着佛的信息。这么些年我对你们为我做的一切不再只有感激，而是你们来自远方的信息，已成为我生活里牵挂的一部分。

隔三岔五，我和小白会通个电话，问候问候。时常小胖会发个短信来，说他现在身体还与从前一样壮，高烧一个月在马尔康医院查出的不是癌，下周要跟活佛去久治念经，不要担心。还问，汉族的大词人李后主是哪个朝代人？他一生是怎样度过的？小胖依旧是那个爱追问宇宙间真理的人，你对知识的渴求远远胜过很多在校的大学生，真理的显现往往是一问一答间的刹那觉醒，因此你的辩经成绩总能拔得头筹。

夕斜勤民已倦归，

小径少女笑语香。

万户炊烟袅袅升，

平安经声向四飘。

你来短信说，姐姐，请批评批评我写的诗吧！我赞扬你的才情，接着又聊到自己人生的波折与转变。其实，信仰的力量会让人强大。这样心性清净、直白的喇嘛小弟，在那次重返甘南的路上却不曾再见。一晃十年将逝，我那郎木寺的喇嘛兄弟啊，你我再相见时草原的格桑花还是一样的芬芳吗？

通向天上的阶梯

到了，嘉绒藏区到了。这是一片靠近汉地，位于河谷地带的农耕区。斜倚着车窗，手边的《尘埃落定》恰巧正翻至，"河谷向着东南方向渐渐敞开。明天，父亲和哥哥就要从那个方向回来了。这天我望见的景色也和往常一样，背后，群山开始逐渐高耸，正是太阳落下的地方。一条河流从山中澎湃而来，河水向东而去，谷地也在这奔流中越来越开阔。"

去往色达的路迢迢千里，长途客车从白天驶进黑夜，似乎永不疲倦地奔

这里曾有一扇窗，为着五明佛学院的诵经而日夜开启

温暖山水——甘孜 郎木寺 色达 白城 临夏

通向天上的阶梯

　　跑在川西高原那条漫漫长路上。由成都而来，两日单调的旅途，好在有杂谷脑河的清澈洁净相伴，好在有那一路的斑斓秋色养眼，好在有那马尔康菜市上藏族姑娘的窈窕背影美得动人，好在是巧遇了目的地同为色达五明佛学院的北京大刘哥。

　　在车上问大刘哥，"也是去色达玩呀？"

　　说是，"看我妈去。在那儿出家好几年了。我爸走得早。我们都工作了，她没事儿干，就过去了。"大刘哥脖子上挎着墨镜，身型健硕，全套的户外装备加身，像是个喜爱常年运动的人，年纪嘛约莫四十左右，正是上有老，下有小，心头压着不少说不出的烦心事儿的年龄。

　　"听说在那边儿出家的现在特多。"话虽出口，但心下还是有些悲凄，

嫣然一笑的卓玛

无法想象一位年过六十的北京老人，是如何在川西高原上守着一间木屋，日夜将佛祖留在心间的？

"你们怎么知道五明佛学院这地儿的？这是出家修行的地儿，怎么都一帮子一帮子地旅游去了？你就一人，就敢来啊。"

"在网上看的，这地儿不少人去呢，没事儿。"

大刘哥挠挠头，望了望眼前这北京丫头。

"这不，带看她，带给她送钱。头几个月刚给了她四千，说是给哪个哪个活佛了，叫什么供养。这不，钞票又带来了。"

"听人说好多藏族宁愿倾家荡产，也乐意把钱给寺里，给活佛。"

"唉，我妈她刚去那会儿，连住的地儿都没有，后来让我把她北京的房

温暖山水——甘孜 郎木寺 色达 白城 临夏

卖了，拿着十几万在那儿盖了个木头房。"

"那她后来回过北京吗？她一人在那边儿，不想你们吗？"

"回过，病了，回来看完病，又去了。"大刘哥对于母亲的选择，只有无奈地摇头。接着说，"咳，后来，我和我妹还有我媳妇她们也都想明白了，人老了，就尊重她最后的选择吧，在哪儿养老不都一样吗？成天念念经，看看山，呼吸呼吸新鲜空气，住得离菩萨近点儿不还是好事儿的吗？"

是啊，那层层远山环抱，如同生长在莲花瓣中，密如蚁穴般的红色僧房群，就是五明佛学院了，那不就是离菩萨最近的地方吗？到达五明佛学院路口，弃车步行上山，大刘哥母亲早已等候在这里，为了迎接远道而来的儿子，她找了三轮车，还包了素馅饺子，只待上高压锅煮好就是了。三轮车驮着行囊先我们而见菩萨去了，留下我，大刘哥和他母亲，我们三人走在后面，脚步越走越缓慢，随之海拔上升一点，我们的呼吸也就更加粗重一点。

当上得山口，迎着那猎猎的风，望见铺满整个山谷的红色僧房，心中一震，那是阿来在《大地的阶梯》中与一个年轻喇嘛对话的景象。那年轻喇嘛望着夕阳下的一川河水和列列远山，眯起眼睛，如同望到幻象一般地说："我看那些山，一层一层的，就像一个一个的梯级，我觉得有一天，我的灵魂踩着这些梯子会去到天上。"那密密麻麻的红色僧房仿佛就是佛祖安排的阶梯，一个紧挨着一个，在人力不可为的尽头，是神力开始的地方。在这里僧房就如同梯级，那力量一直延伸到山巅，那力量渐渐延伸至天上。

大刘哥的母亲领我参观了她修行的居所，木屋外种在塑料盆里的鲜花开得娇艳，小木屋内的确空间不大，除了各处

大地上的游吟者

飘过色达山谷的云，也皆是与佛有缘

堆满的经书以外，生活的必需品少之又少。她又带我们看了看外间的厨房，以及屋内生火用的柴，说是这些都够一个冬天的了。又说用高压锅煮饺子，更省事儿，不用掀盖，直接把水往锅上一泼，就算打水完事儿了。若不是地地道道的京腔儿京韵，大刘哥母亲那一身红色袈裟，剃了度的头发，加上高原的风吹日晒，谁会相信她不是一个出家多年的藏地觉姆呢？我问，"来这儿您现在习惯了吗？""怎么不习惯，这儿能保佑我健康长寿，能保佑我

下五明佛学院的房舍

全家，不习惯也得习惯。刚来那会儿，高原反应头疼了大半年。"大刘哥母亲是个爽利人，说话间热腾腾的饺子出锅了，那是一盘高原上的饺子，带着山野的壮阔与辽远，以及一份母亲的挂念。

暂别了大刘哥的母亲，才发觉高原的夜有着彻骨的寒冷。住在寺院客房里，独自面对烛火，拥被盘坐床上，突然竟不知是何年何月，更不知应往摊在腿上的日记本中写下些什么，那是因高原反应而迟钝了呢，还是因佛祖就

大地上的游吟者

近在身旁的缘故呢？夜深了，窗外密如星辰的灯火中传来低吟浅唱的诵经声，操着浓重京腔儿的大刘哥母亲，想必这会儿也在那低矮偏仄的庵室里对佛祖做着同样的吟诵吧。高原不通水电的现实生活，让初来的修行者感慨辛苦异常。想来这也都是登天梯前的必要功课吧，想来也是只有没做好登天梯准备的我们，才有万分煎熬吧。

辗转反侧的一夜过后，佛学院的清晨，在浓浓淡淡、深深浅浅的齐声唱诗中开始了，如梦似幻。那诵经声像极了伴了配乐的唱诗，音色却超越了情感、身体、种族，超越了时间与空间，那无暇的声音同这里的空气一样，有着完美的一致。就在这如梦似幻的神圣节奏中，居高临下俯视眼前那壮阔成片的僧房时，忽而对自己的不洁与污秽，生出了种种极端的厌恶。于是去往坛城转经，洗刷罪孽解脱灵魂，转了一圈又一圈，与真实的自我对话。五明佛学院周围山势辽阔，浮云漫过一个又一个山头，会念经的乌鸦与喜鹊在低空盘旋，桑烟的味道在空谷间飘来荡去。此刻只恨自己没有一双藏人般的明亮眼眸，是因身陷城市太久，得不到江河日月的滋养，无法把这大地的阶梯看得足够真切吧。你看天边的五色经幡与仿佛从天而降的红衣喇嘛，那都是远方遥寄的箴言吗？转坛城时偶遇的可爱小卓玛，还有同为旅人的大刘哥，以及他那皈依佛门的母亲，我们同为彼此人生中一段刹那的生命交错吗？

人生无常，在山高水远的路上，在现世的茫茫苦海中，如何能得到大智慧和大解脱呢？那天已是很晚了，摸黑敲开圆和师傅的门，先前只打算同一位汉地出家女谈谈天。后来整晚却演变为自己的忏悔录，那祈求能得到救赎的灵魂，向这位六十多岁的面善老师傅倾诉着不久前发生的故事。那晚在一盏昏黄的小灯下，泪水着实有些凶猛，哆嗦着嘴唇说着断断续续的话，彻底抛弃了理性，用掉了圆和师傅许多许多的大块手纸。或许是我替圆和师傅讲了些她如今已不能再说的心中妄语，或许是我有意无意碰触了她心中的某个隐秘角落，或许是我正

色达郊外白塔

在被她怜悯和同情着。她讲了几段佛教故事给我听，淡淡说了些出家前她尘世家中的事，接着又送我经书和加持过的淡红色小颗粒……那一刻，佛音里飘然的大旷达与大悲苦仿佛是发酵的青稞酒，清润甘冽，清醒时使人思念它入醉，入醉后又渴望由它唤人觉醒。

圆和师傅评价我曾是个修行过的人，虽然现在与佛无缘，但今后终会有缘。与色达一别，竟是多年，那之后凡尘世界里竟真切添了一个小小生命与我此生有缘。佛祖慈悲，让我于现世有了一个幸福完整的家。佛祖慈悲，让我来世将色达的浮云忘记了，高山忘记了，喇嘛庙也忘记了，唯有色达那通往天上的阶梯，还有那梯级上攀升的人忘不了，忘不了。

温暖山水——甘孜 郎木寺 色达 白城 临夏

草原的边缘是云在流浪

独自乘上代表漫漫岁月与浪漫未知的火车，载着我去往草原的边缘，掠过流浪的云儿。

时间在一片迷雾中轻轻掠过，四十年前的月光与迷雾，是否依然如旧？当年那些十五六岁的年轻人，在热烈、悲壮、义勇、执著、狂热中出发，当列车驶出站台，送行的人群逐渐缩小，在父亲离别的神伤中，在与贫瘠荒芜的斗争中，在过着远离亲人寄人篱下的日子中，在从未干过的农活面前，在未曾品尝过的深深苦难面前，在把清华图书馆里抢来的书和螺丝迢迢背来，

这里曾属于大队

温暖山水——甘孜 郎木寺 色达 白城 临夏

而后被哄散在田野上，在原野上跑马被摔下马背时，在共唱昂扬的革命歌曲声中，在每夜的昏暗时写下的文字中，在北京大秃子们青春开始的岁月，那些断断续续的快乐与哀伤，在原野上释放、慰籍时，在每个孤单又凄清的夜里……当年的热血青年，如今已身为人父或半大老头子的父亲们，当年的疑惑与如今的思念仍在继续吗？于是我带着老旧的故事和陈年的照片，上路了，上路去寻找父亲青春开始的地方，上路去追寻父亲梦想起始的方向。

在去往吉林白城的火车上，在换乘去往阿尔山经过镇西的大巴上，在镇西大街的驴车上，在由万宝方向开往那金乡的班车上，在从原来的那金公社向着当年的兴顺大队前行的小"面的"上，我想象不出当年乘着火车、拖拉

插队岁月的土坯房依然如故

大地上的游吟者

机、马车、驴车，到草原的边缘来插队的父亲，一路因景致、人物、心情而不断变幻着的表情，更想象不出如果父亲此时与我同行，在路上我会从他的眼里读懂什么？靠近草原的丘陵和缓地起伏着，一波又一波地朝我涌来，柏油马路已在十年前建好，去往红旗、万宝的班车载着一车车中考孩子的梦想，如今仍仅为一条小街的那金乡，梁上的飞燕依然年年恋着曾经的小巢，路边奶茶馆和蒙古馅饼店里已走出了两代年轻的身影。当年坐在马车的行李堆中间，十五六岁的青年们怀着如血的激情，来到这片靠近草原的大地时，是在某个同样如血的黄昏吗？

土灰的泥房，散养的马匹，高大的白杨，我手捏着一张张黑白照片，反复对照着眼前这个如果不是因为父亲便肯定无缘来到的旅行目的地。在父亲的闺女看来，兴顺由大队变为村

种马站的高雪马

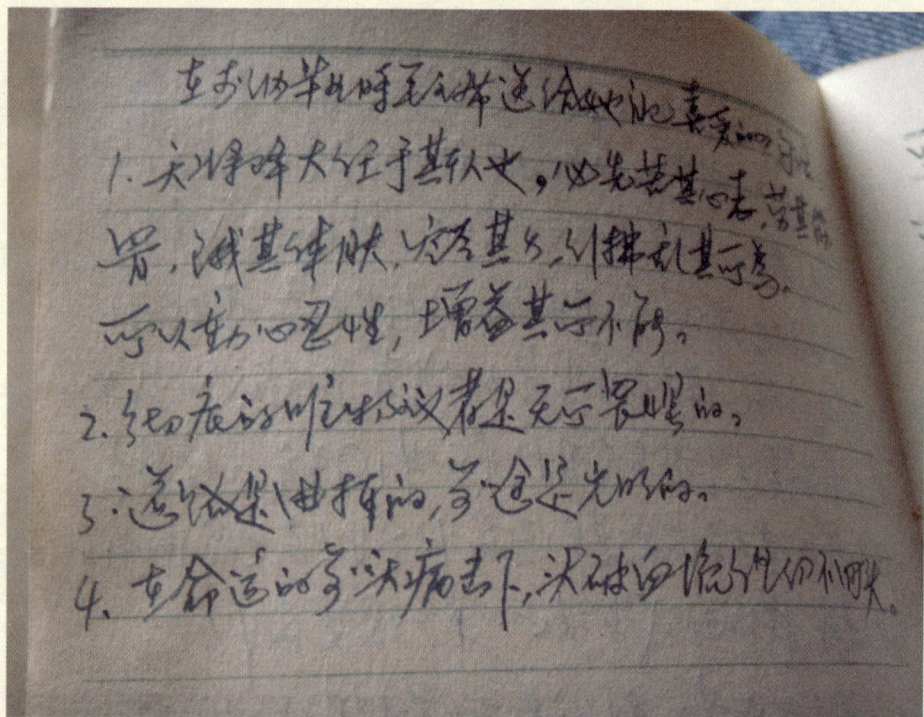

青春岁月曾无比珍贵

的过程是缓慢的，当年的黑土地如今看上去还比不上河北一带的乡村风貌，吃水难，通讯难，连年干旱，在很大程度上制约了这片水草丰美、包谷高产的土地。不知如果此时父亲在我身边，看到如此的景象是否会亲切地悲凉着？我加快步伐找寻脑中仍旧烙着那段痕迹的故人，迎面走来了一个因脑溢血已偏瘫了的小学老师，远处又过来了两个骑摩托车的男人，他们都是与父亲年龄相差无几的人，老照片中往昔的人名、经历、性格、群众关系、暂住谁家的屋檐下，等等，提起仿佛仍旧历历在目。在七嘴八舌中得知，我要寻访的当年让父亲四年中断断续续住在他家、两兄弟感情一直很好的关柱儿，如今在离婚后仍守着当年与父亲同住过的三间土房。孤独寂寞、贫困潦倒的三间土房，相比四周的红色瓦房的确形成了强烈的反差，我在

未锁的铁栅栏门旁徘徊不前，路过此处询问我干啥子的村民，告诉我关柱儿去赶集了。我掏出照片，对着山包、白杨、房屋、土路、草垛，一一对比，认真核对，发现那年两个来自北京的青年站在这条洋溢着青春的土路上，和如今我站在此的这条路上有着近乎未变的惊人相似。

　　近一小时后，我终于在村子的土路上，等来了父亲嘱托我要找的关柱儿。面前一头花发、容貌苍老、神态愁苦的关柱儿，我不敢肯定他就是父亲印象中那个眼神炯炯、意气风发的年轻人，黑白影像的力量在瞬间便被现实无声地击碎了。关柱儿激动地搓着双手，把我让到他的三间土房中坐，父亲曾住在乡党委书记的家中，如今屋内只有炕和木箱与关柱儿一起等待命运的审判。熏黑的墙壁，磨旧的炕头，珍贵的日记，父亲当年的种种，压箱子底的照片，上面花儿一样羞涩矜持含笑的人儿，结婚邮寄葵花子的包裹单……一一呈现与渐渐忘却到底相隔有多遥远的距离？我无法描述那刻在异乡他人手中见到母亲年轻时照片的心情，更无法用语言形容那十斤葵花子的寓意。那一刻，临出行前看到的一张父亲靠着大船围栏一角，那满脸朝气、笑得幸福而灿烂的黑白旅行结婚照，猛地在脑中放大清晰了起来。而当一切恢复平静时，我才发觉原来曾有的记忆，早已在变幻的事实面前像这张包裹收据，纸一般的单薄憔悴了。关柱儿了解父亲的性格，关柱儿也猜测出了母亲的气质，关柱儿在包包本本里完好地保留了那个火热年代的原始记录，那些饱满、天真、单纯、狂热的记忆，仿佛始终跟随着他们挥之不去，而青春中将自始至终追寻着我不离不弃的那又会是什么呢？疑惑仅能作为寻觅父亲青春岁月的理由，而不能成为我的答案。

　　如果这里未曾洒下过父亲的青春汗水，如果这里不曾有过父亲跑马的草场，如果这里不是父亲曾叉死过猪的地方，如果这里不是曾经的知青没有回京的地方，如果这里没有父亲关于那段运动时的记忆，我想我也永远不会来到父亲青春开始的地方——吉林白城，洮南市那金乡兴顺大队。如果这里没有父亲的记忆片断，那么我记忆的片断又从何而来呢？

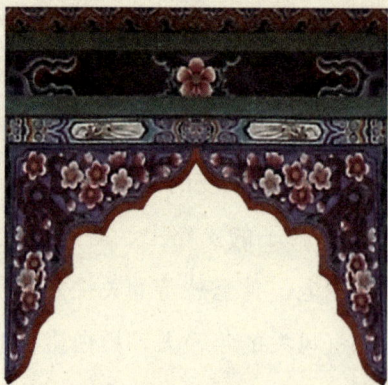

樱桃红了没

我们摘樱桃去吧。脸儿红扑扑的玛利亚拉着她的小伙伴，一蹦一跳跑到院里的樱桃树下。一棵红樱桃，一棵白樱桃，六月天里，天空澄澈，红樱桃红得耀眼，白樱桃白得剔透。两个白衣红裤少年，用尽那少年一颗从无忧愁的心在树影下嬉笑。

奶奶坐在炕上，掀起纱帘望着窗前的两棵樱桃树出神。那种树的人是谁？是戴白盖头的奶奶？还是戴黑盖头的母亲？小树一年年长高，不知是哪个春天又分出了几许新枝桠，没两年工夫枝繁叶茂的就比人高了。春雨过

樱桃树前的小姑娘

近在窗前的清真寺

后，花落满地，樱桃红透，又是一院芳菲。

奶奶仍旧梳辫子，头发也依旧是黑的，盘在盖头里，齐整得很。奶奶爱那窗前红了的樱桃，黄了的杏子，爱那一遍遍的邦克声，还爱那清真寺近在窗前的踏实。奶奶有过孩子，早夭了，于是拿所有的孩子皆当作自己的孩子一般。奶奶是大户人家的闺女，只是没落了，两条黑辫子从此染尽风霜。嫁妆镜里的人儿何时起驼了背，弯了腰？是大夏河里扛在肩上的石头重？还是异国他乡寻夫多年落在胸口的石头重？奶奶的眼睛总像笼了层雾，看不真切。远方在哪里？故土的山上，那是谁在为信仰歌唱？

大西北苦啊，你能来我们大西北不容易啊。爸爸反反复复念叨着。阿依莎来来去去，不知走过了多少次大西北，最后天赐巧合，大西北竟成就了一桩好姻缘。多年后，也许什么都忘记了，忘记了，唯有黎明破晓的邦克忘不了。出门人对阿依莎说，你在凤凰不是还有个家吗？怎么样，家里的娃娃都大了吧？家，那轮新月是照进我灵魂的家，家中平静又安宁，那声声唤礼，让一颗飞翔的心由此从容而宽广。

爸爸说得没错，大西北是苦的。连同大西北的吃食，酿皮子，手抓肉，烤花馍，都透着股苍凉。大西北的荒芜，依托着一份信仰的力量，一份守护的祈愿。

故乡的土是熟悉的，风是荒凉的。出门人回到故土，走路带起的风，自己也未曾察觉的彪悍了些，勇猛了些，那是荒凉的需要。这片土地叫做临夏。与一条河水相依，是那四周皆屹立清真寺的丰饶小平原。每当太阳升起，一群群白鸽绕了塔尖的新月朝拜，那清冽的风与鸽哨和邦克，将一圈圈带引你转回灵魂的另一处居所。

晨礼过后，天光大亮，礼拜完的人群消失在巷子深处。没

温暖山水——甘孜 郎木寺 色达 白城 临夏

过多久，那苦豆、花椒、草果、辣椒的气味，就伴着各类吃食店卸下的门板趁势钻入身体。不一会儿，人群又开始聚集，集市热闹开来。鲜花、水果、蔬菜、牛羊渐渐铺满了整条大街，街头巷尾拥来了戴各色头巾的女人们，那抹头上的绚丽，宛若缀在大西北那苍茫大地间，串串流动着的华美珠链。

那年夏天，阿依莎独自站在北山上，望得见山下淡淡烟雾层层叠叠漫过瓦顶，绿树掩映着清真寺，远远的红原广场、博物馆、图书馆依旧，眼前的阿语学校依旧。山下读书声、邦克声，喧闹声，红尘中一片庄严。只是那已是另外的世界。

脚下的坟冢，没有墓碑，没有鲜花。连成片的圆土堆，哪个是属于母亲的？答案只有山下的风知道。夏末，初秋，隆冬，阳春，而后又是一个夏至。出门人回来了，上山看望母亲，手捧一把故乡的尘土，跟母亲絮絮说着，那归宿好似瘦了，瘦了。

接着又是一年从春到冬，来年那个悲喜交加的春日后第三个月，父亲也上了北山。属于母亲的那个圆土堆，两年的雨水冲蚀，竟认不出了模样。父亲并着母亲，在一起，有了好归宿，心安了。

阿依莎，阿依莎，奶奶叫你呢。摘下一颗红樱桃进屋。奶奶拉手让阿依莎上炕坐，然后掏出了个红首饰盒，让打开看看。是金戒指，一大枚。奶奶没什么可给你买的，这个奶奶以后不在了可以留个纪念。奶奶，看，好吗？俊得很。奶奶也戴上吧。奶奶老了，不俊了。收好吧，阿依莎。奶奶想去院子走走。那两个白衣红裤少年为了那最大最红最甜的樱桃，正忙得满头是汗。奶奶弓着身子朝那两棵樱桃树走去。来，太太看看，樱桃红了没？奶奶站在树下，手抚着那树干，望了久久。

奶奶与孩子们

【丰盈村庄】

二
〇

康乐　双廊　沙溪

那个礼拜日的清晨，蜷着身子在一床柔软的棉被中醒来，静听房梁上没了动静。于是，披衣起身，推开茨中教堂那扇整夜未舍得合的窗。啊，那一刹那，我被窗外的阳光击中，不由得惊呼赞叹。于是就这样俯在窗沿，开始接收这个夏日，阳光洒向藤架上的葡萄，田地里的蔬菜，以及落满高大桉树与月桂树上的第一缕温暖气息。那是身心无比富足的一刻，如同哺乳期的女人，混身散发着大地的原始冲动。我贪婪地嗅着，嗅着，直到，直到，整个身体被阳光占据。

上帝之手的阳光，仿佛是永不停歇的澜沧江水，引领我去往宽广、无垠的远方。相隔壁板与同行的小如互道"早安"，相信那时蜷缩在被窝里的你，正如同一只回归的迷途羔羊，或许也正幸福地张开双眼，拥抱窗外阳光播撒下的爱的种子吧。

人生中，总有一些片段，令你回忆起此生都无比满足。吊着你裤脚学走路的小娃娃终于有一天能和你并行了，在晚风的湖畔边为你梳头边畅谈理想与抱负，寒冬的晚上你与知心好友围炉夜话至破晓，清寂的海边你与心爱的人相看星空下的飞鸟直入夜半，一双关切的大手为雪后瑟瑟发抖的你披上自己的暖衣。我们的人生路就这样交错着，前行着。我们的生活有太多太多的天差地别。花前月下时，患难与共时，初为人母时，我都庆幸。在那一刻我给你带来了从未有过的光芒与力量，而你呢，也让我为这份人间的热度溢满喜悦的泪水。

　　小村庄的礼拜钟声敲响了，茨中的男女老幼从村子的四面八方汇聚至此，一切却都是静静的。老人们坐在走廊的荫凉里，边望到钟楼上的十字架，边吸鼻烟，女人与孩子们围在院子的花池旁拉着家常。待到礼拜时间开始，教堂门口人人恭敬地为主奉上五元钱，接着面向圣母玛利亚双手合十鞠上一躬，悄声进到教堂内找个地方坐下，先聆听神父的宣教，接着集体祷告，最后齐声合唱赞美诗。中途细看那一张张平和、喜乐的脸庞，那不分老幼胸前皆带有的十字架上，写满的是对信仰的坚定，对传统的恪守，对这丰盈村庄的无限眷恋。

　　直到最后一首赞美诗唱完，大家纷纷走出教堂，临别互道祝福。信徒们扶老携幼渐渐消失在村庄的玫瑰蜜藤架下，而教堂又重归了寂静。在那夏日的舒爽山风中，唯有个一辈子想当神父却终未如愿的老先生，不愿就这么离开，拄着拐杖立在院中，想再多亲近亲近那十字架一些时候。就这样，我们在时间的长河里，彼此轻声聊起信仰与理想。假如有一天，我们再次相遇，我依然会望向钟楼上蓝天做衬的十字架，久久想来，也许只有内心的真正平静，才是用来开启那条丰盈之路的秘密钥匙吧。

永远的绿盖头

远远的，那绿盖头傍着个年青人由黄土地上走来，这是谁家回门的新妇？绿盖头底下是张娇俏含羞的红脸蛋，那修长身子裹了玫红大衣，真似花儿里唱的牡丹。那年轻人西装笔挺，也只有属于年轻人的一份无经验的羞涩与谦卑。二人挽手朝娘家走来，两人神情比昨日皆多了份对婚姻的坚定和未来生活之美的信念。

阿达、阿妈出门迎接这对新人，年轻人携着新妇向娘家问好，大家自然是喜上眉梢。还没有恋爱经历的弟弟妹妹们，把眼睛望到一对新人，竟是个

待嫁新娘

丰盈村庄——康乐 双廊 沙溪

个发痴的呆样。还是订了婚的妹妹聪敏，赶快把姐姐向屋里炕上推，又沏上八宝茶端到姐姐、姐夫面前。之后，个子稍低的年轻人就好似俘虏样低头默不作声了。

这是一桩媒妁之约的婚姻，两人婚前仅见过几次面，打过几通电话，经过媒人上门介绍，得到了父母的肯定。于是订了十月的婚期，从此家中长女不再孤身在外漂泊了，做阿达、阿妈的心上的石头也就放下了。斋月里，家中的小牛犊落地了，两个姑娘也准备待嫁了，儿子高考也考完了，收麦子的阿妈心上一片感激。只是这长女心上眷恋着花花世界那衬着牡丹的绿叶，并不曾想过把自己以及今后的日子交付于某一个年轻人，边工作边读书，边过着被绿叶赞美的自由生活才是这长女称心的理想。身在农村的阿达和阿妈看来，姑娘二十四五了本就属于不好打发的年纪了。也许一切都是命定的安排。

还是凌晨三点，人们为着几天后的喜宴，已经摆开架势忙活开来了。女人们在厨房支上特大号铁锅，揉了面，和好馅，烧起热油，准备炸馓子、炸果子，包糖包。男人们又是忙着搭帐篷，又是联系卖牛羊的货主，又是请阿訇，接着又像工蜂一样把阿达采购来的喜宴上的吃喝用度——由三轮货车里卸下，男人们把婚期临近前的每一天都在紧张、焦虑的一种期盼中度过。女人们也总爱这样的机会，虽是工作量大得惊人，需要好几个女人大干上几天几夜的工作，当被邻里称赞这馓子炸得好，那糖包包得好时，看那黑盖头下张张溢满幸福的脸庞，那一瞬似乎早已忘却了连日的疲惫与油雾的熏染，眼里流动的仿佛是重回了当年少女的待嫁情怀。

平时要好的弟弟妹妹们心中也另被一种期待与不安平分，这长姐命运照得出多少自己未来注定的生活，几个十七八岁的年轻人在夜里各自织着相同或不同的梦。这长姐大约从小就知晓知识改变命运的途径，于是去到兰州念书工作一走五六年，一切算得上顺利且有了意中人，可命运偏又眷顾她回到康乐乡间找定那份真主赐予的婚姻。自由与幸福同样，大约没有例外的是孪生的。

屋后是甜萝卜地，那边种的苜蓿和当归，山对面是我家的麦地和玉米

婚礼上的厨娘

地，明天我带你过去看看。天空极蓝，眼前待嫁新娘身上的蓝衣同山下清真寺顶的一层蓝雾混在一起，有丝忧郁，却让那粉头巾遮得不易察觉。也许自己早已不是上山时遇到的那个粉衣红头巾的待嫁少女年纪了，也许自己只为完成父母打发姑娘的意愿以及真主命定的安排，也许……这待嫁新娘望到极远处的山梁心想。

晚上坐在炕上同阿达聊天，说起那年十三四岁吧，从冶力关扛木材回来，挖虫草过河淹到脖子，唉呀，提起当年，泪水多得很啊。人饿了，就要吃饭，吃面。在一盏灯下，告给家中读书最多的长女，最朴素的人生。大辫子的农家待嫁女子，朴实无华，眼里总像闪着星星。她点头认可阿达的人生观，眼中却闪过流星划过夜空后的黯淡。

雨下了一夜，院子湿了，帐篷湿了，烧炕的剁草也湿了。那待嫁新娘早已做完了晨礼的功课，并着阿妈斜坐在炕沿上清点着自己仍未购来的嫁妆。阿达叫着弟弟爬上树去整理搭在院子里的帐篷，妹妹忙进忙出，炒洋芋，炒辣子，揪面片。问到还是一蹦一跳年纪的妹妹，三个月后要去婆家的事，会像姐姐似的心里怕吗？善良地去对待别人，直到婆家接受为止。到婆家也是洗衣做饭，我感觉莫有啥。妹妹婆家的年轻人中意她很久了，只待到阿达点头许可，挨到今年算是好事成了。之后妹妹又说到一年夏天阿达去搬砖，凌晨三点起床，胃出血了，待到半夜回家还没吃上饭……说着说着，泪水顺着那张小小的脸淌下来，汩汩地好像能汇进那坑洼院子的小小河塘里。

第二日天不亮，十来只羊与一头牛，就已经被牵到屋后大树下，静悄悄等待着将要到来的归路。蹲在院里晒太阳的弟弟，个子足有一米八五，眼里透着纯真与良善，望着家中这几间瓦房叹息着，二十岁的人，四十岁的心，这样做男子汉多窝囊，阿达、阿妈有病也舍不得看，唉，都二十年了，咋还不转运啊。泪水即将滚下来时，红胡子二舅把摩托骑进了院子，二舅曾是阿訇，念得一手好经文，今天是奉真主之意宰羊宰牛，并把它们赐予喜宴上所有道贺的客人。二舅做得干净利索，雇来的厨子也麻利地支上一口大锅，在帐篷下忙碌起来，葱姜蒜、韭苔、蒜苔、青蒜一个都不能少。牛羊肉都是大块下锅，

大地上的游吟者

烩菜

喜宴开始了

羊肉做成手抓，牛肉煮熟切片。煮好的肉汤做烩菜也是极好，一盆雪白细长的甜萝卜丝擦好了，只待下锅与那肉香十足的汤汁混合，再烩上粉丝、木耳等，上桌前铺一大片牛头肉，添些翠绿青蒜点缀，喜宴上不分长幼，无论贵贱，来者各有一大碗，吃下去幸福直暖到心里。

这天夜里，待嫁新娘的自家炕上，左邻右舍家的炕上，睡满了远道而来送祝福给一对新人的宾客。这一晚，待嫁新娘与阿妈说了很多话，今后的生活将把一份爱绵延传递下去。明天的明天，人生就是崭新的了，新的角色需要渐渐适应，慢慢学习。阿妈不舍，翻出年轻时绣的枕套，扎实，紧致，均匀，细腻，并不曾说些什么，递与女儿要她收好。那绣的图样好像是女人的生活，细碎，繁琐，耗时，却也要为自我的世界里保留一份缤纷的美丽。

国庆日的一早，院子里就是一片白帽子的海洋了。村里的乡亲，远道的亲朋，寺里的阿訇，院里盛满了前来道喜的人。喝过八宝茶后，一切静了下来，阿訇们跪坐在炕上开始念经，气氛庄严肃穆，经文是很长的几个段落，

大地上的游吟者

乡间的艺术

女人们皆在屋外守候，一群等待撒糖的七八岁男孩趴在窗外也静静地聆听。待嫁新娘由妹妹守在屋里不见人。两人婚姻在得到真主准许后，娘家人才把这祝福的糖果撒与众人。

　　远道而来的朋友和年长的亲戚被安排在屋内，村中乡亲则落座院中帐篷下。热热闹闹地上过凉菜、热炒、炸货、糖包子、肉包子，然后是主菜牛肉、羊肉、鸡肉，最后再加上一大碗烩菜。乡亲们吃得既快又静，像流水一样吃罢皆急忙忙回家照料各自的农事去了。阿訇和村中几位年长的老人也准备起身回了，还不曾落座的阿达与阿妈一直送到院门外。

　　外面太阳很大，好像耀眼的幸福将近时故意叫人睁不开眼。一场没有酒杯，没有歌唱，没有舞蹈的穆斯林喜宴，不温不火，却庄重平实地结束了。晚些听阿妈和阿达念叨，礼金与花销大致平衡，但算起婆家的聘礼金，嫁这姑娘还是"赔了"。

　　主麻日，八辆轿车准时来到家门口接亲。那诚实的年轻人在媒人与家中兄弟簇拥下，向娘家父母及亲朋问候。那新娘敷了粉，画了眉，盘了头，将那樱唇一点，盖了薄纱，一身红妆，正默默坐在炕上与闺蜜一同拭泪，留下不少惆怅。时间到了，新郎起身，掀开门帘朝屋里说，我们走吧。十年红妆梦，今朝成现实。携起了手，出了屋门，面对等候已久的人群挑起红纱。远远的，阿达和阿妈在众人的祝福中笑得最甜。门外即是迎亲车，门内的几个妹妹，却是忍不住泪水扑簌扑簌落了许多。幸福都是孪生的，这是人生的需要。

　　次日回门，二人脸上写满光彩照人的幸福，细看两人手背上隐约挂了些伤痕，说是闹洞房仅半小时就结束了。人生拉开了新的帷幕，等待着二人一起品尝这场旅途中的点滴滋味。

　　来年春节听说妹妹怀孕了，秋收后又听说平安产下了个男婴，却没几天就夭折了，坐着没有娃娃的月子。又一年，那当年的新娘

也有喜了，九个月后坠地了一个男婴，几乎在同时妹妹也产下了一个健康女婴，只是那男婴百天后被查出先天性心脏病，扰得那小妈妈心上不宁。绿盖头啊，绿盖头，你那信仰坚定的诚恳双眼，在我心中挥之不去。我在远方，唯愿那诚实可信的年轻人，无论何时，直把你当作他心上的绿盖头，守护着，永远永远。

掀起了你的盖头来

丰盈村庄——康乐 双廊 沙溪

关于双廊的画

雨中双廊，确是美得有种水墨味道。

　　暮春三月，初到双廊，午后风大云稠，落了些雨后，苍山的黛色就愈发浓了。苍山用风晕开了云，洱海用雨点染了雾，苍山云的曼妙好似玉几岛曼陀罗的花开，洱海水的清透仿佛大建旁孩提眼中的纯真。

　　一辆摩托车穿过环海路的雨雾急速驶向自家檐下，游客忙不迭撑开伞或头套塑料袋跑进书吧、饭馆、咖啡馆。而守在村口的老榕树却仍是站在雨中，静静等待云流走后的雨过天晴，同样在雨中等待的还有封海上岸的双廊

面朝大海，春暖花开

丰盈村庄——康乐　双廊　沙溪

双廊渔家

渔船。

云雨变幻的刹那，是自然之声统治了世界。苍山滚滚的雷声由远而近，海浪拍打堤岸的威力从弱到强，檐下嘀嗒的雨声由细到密，从雷声大作到雨滴渐止，一艘船，一朵野百合，一块礁石，一只白鹭，它们的灵魂，在苍山下洱海旁，皆得到了最好的舒展与自由。如若海边有一所雅致的房子，与双廊的雨中画静默相对，亦是很好不过，只是手边醇香的咖啡，耳畔轻缓的音乐，还有那厚厚的玻璃窗，多少掩了些抵达心灵深处的自然妙音。

大约过了半日，苍山的云淡了，一丝丝流进了山隙间的家。在傍晚，阳光渐渐又与我们重逢了。山势清晰，天空疏朗，而那瞬间的金色霞光好似众神等待已久的聚会，如同荒漠的甘泉，清凉的幽谷，停下追逐的脚步吧，看那山上，云上，海上，船上，房上，脸上，双廊啊，即是被这神的色彩层层笼罩的幸运儿。

随意走到洱海边，见一个年轻妈妈面朝洱海，坐在一侧看她的小儿玩丢石头，于是也坐下来看那小儿脸上金色的光。小人儿抓起石头，丢进水里，听咕咚的落水声，看水花四溅的波痕，乐此不疲。

"你一个人呀？"每次出门最常被问起的问题。"从哪里

双廊绣娘

丰盈村庄——康乐 双廊 沙溪

来？来了几天了？觉得我们这里怎么样？"与当地人的交流沟通普遍以这样的形式开始。只是这次话题对象变作了孩子，双廊的孩子，我的孩子。

美妞在千里之外的家中，晚餐不知有些什么好吃的？下午是又睡了一大觉吗？出门玩又拥抱了哪个小朋友？而眼前这个面对苍山洱海挥洒性情的小人儿，他饿了有专门的宝宝餐可吃吗？睡前是吃奶粉吗？学走路摔跤多吗？他的家又在双廊的哪儿呢？

那边，就是我家。

小人儿的母亲手指着家的方向，是洱海边的那个小半岛。

苍山渐渐收拢了那些金色的云彩，好似宾客乘兴归去后，主人便一一吹熄了晚宴的烛火。我们边一起走，边吃着腌梨。苍山的轮廓慢慢看不清了，天色将暗，隐约有几颗星按捺不住从山背后爬上来。星火几盏，小人儿一个，酒吧若干，双廊的夜并不冷寂。

"这边就是玉几岛了，从这里进岛是要收门票的，明天你和她们说一下，说来我家玩，就可以进来的。"年轻的妈妈怀抱着小人儿，走在前面带路说着。

心里恍然，洱海边的渔民小岛也是可以艺术的。

一场雨后，岛上的路有些泥泞，却脚感很好。进得屋来，火塘边已是围了一圈人，小人儿的爷爷作为一家之长，有些抱歉地告诉我，"房子太老了，跟不上我们现在的形式了，拆了旧房，准备原址重建。"

"拆了再盖，那还是您一家人住吗？"我问。

答案是，"搞个客栈，像我们这两边的邻居一样。"

"是啊，玉几岛上无论哪一处，做客栈都是无敌的超级海景房。"我点着头。

双廊的小美眉

　　一家人围坐火塘，老人聊天喝茶，男人一口一口吸着水烟，女人哄着一个个小娃娃，火塘边每人都守着一分期许，一分愿景。有时，偶尔有个火星噼啪溅响。洱海边玩丢石子的小人儿开始吃饭了，也围坐火塘边，碗里的米饭和萝卜炖肉不知道凉不凉？

　　夜深了，洱海也有些无情，直将海风灌入这个无遮无拦的厅堂。一面苦布迅速展开，算是阻住了些风力。摊开的一

桌子麻将，就着火塘，不知道今晚是谁的局？小人儿的爷爷请我喝茶吃山核桃，介绍说手上戴玉镯子的要长进肉里的是奶奶，打赤脚抽水烟的是我大儿子，穿西服的是我小儿子，腿不太好的是我大孙女，刚见的那个是小孙子。锦鸡，二胡，地图，花朵，合影，奖状，衬得这一大家热热闹闹，和和美美。

"我长这么大，只见过三场雪。"

"来我们这里的北京人也不少。"

"我们渔民从小打赤脚惯了，你看我儿子多冷都这样，我们小时候也是一样的。"

眼前这个手握长长水烟筒的男人，是家中最淡定、也最健谈的人，只是他埋头吸烟时眉间刻着的那抹很深的忧愁，是从哪里来的呢？

卧室的木门吱呀一声开了，从屋里走出一个小姑娘，激动地大声向大家宣布电视里的故事又进展到了哪里。她的

大地上的游吟者

洱海童年

丰盈村庄——康乐 双廊 沙溪

脚有些跛，行动吃力。

一份父亲的愧疚与责任，让他狠狠把水烟筒吸得咕噜咕噜响。

"我女儿一直没上过学，现在字写得很好，只要是看过的课本都能记得住。"

"不少人来看过我女儿，一个在这里教课的老师给我女儿拿了很多课本，教了我女儿很多东西。"

女儿走路的模样，在这个粗犷男人的心中，不知曾描绘了多少遍。两岁多还不能走路的焦急，与先天跟腱畸形的现实，让这个男人绝望的生活好似颗粒无收的渔网。

"我女儿六岁前，一直是躺在床上，生活全由我们照顾。"我面前的这个男人，话出口的一瞬，眼里竟像蒙了层洱海清晨的雾，氤氲了整座小岛。

"我也设想过这样没有选择的可能，说是坚强，可是这残酷只有为人父母了，饱尝了多少艰辛自己才最清楚。"不忍问他女儿六岁前的人生种种。接着我问，"那后来呢，后来站起来也很不容易吧？"

"是啊，从站起来到走路，是做完手术之后这两三年才开始的。"他欣慰地说着。

"像个婴儿，学步期的婴儿。那将来呢？姑娘大了呢？"我又问。"做父母的对孩子多少会有一份期待，少女时光一眨眼就过去了。"

"我这个闺女，我们是不会让她嫁的。"男人很沉重地说。"到婆家去干活不行，只有入赘。"姑娘的父亲又补充了一句。

十二年了，孩子的母亲不知承受了多少这样酸涩与慰藉的日子。母亲坐在火塘旁，在帮儿子温习作业。这个健康、活泼、好动与姐姐相差七岁的弟弟，是生活额外恩赐于这个家庭的礼物。

长长的马尾辫，晶晶亮的眼睛，胖乎乎的手。小姑娘坐到我身边，我搂着她肩，问她几岁了？叫什么名字？问她曾经到她家里来的老师，教了她些什么呢？

说是，"语文，数学，英语，手工"。

我说，"那明晚我们一起来画画吧。"

小姑娘眼睛一亮，说"好啊"。

告辞时，小姑娘的父亲说："明天上岛来家玩，就说找赵雄就可以。"小人儿的年轻妈妈又打着手电送了好远。

于是第二晚，我带去了彩笔和画本，我们一起画下了小姑娘的家。

起初小姑娘握着画笔，看着白纸，总问我："画些什么好呢？画些什么好呢？"

我先画了苍山的云，绿绿的树。慢慢地，小姑娘开始画她洱海旁的家，家的色彩很丰富，小姑娘说她最喜欢的是她家院子里爬墙虎的颜色。一会儿工夫，房子里走出了个小人儿，不一会儿云彩旁又飞出了两只小鸟，最后我画的大树上也结出了红彤彤的苹果。风凉了，我们的大作终于出炉了，好开心啊，是赵北蓉、王晓雨合画。

如果这个冬季前，房子可以按时修好，小姑娘家的庭院又恢复了往日的勃勃生机，来年初春里双廊娇羞的茶花，会点亮赵北蓉描绘缤纷世界的精彩一章吧。

沙溪的陌生男人

沙溪啊沙溪，你美好而安宁，安宁得甚至有些苍凉。我把你藏在心里这么久，竟是为了些什么？

将要告别沙溪回到大理前，你请我喝杯茶再走，茶泡过三泡后，我送你香草，祝你好运。老张和老伴要我别慌张，一路走好。跟我一起歌唱美好的小姑娘，说再见了，北京再见。如果时光总停在那个驿站沙溪的小巷石缝中，如果时光总停在那个叫做四季轩客栈的一株兰花上，如果时光总停在那个旧戏台边老槐树的枝桠上，好像那寺里幅幅古老的壁画，静止着，多好。

老槐树下的悠悠岁月

丰盈村庄——康乐 双廊 沙溪

老人与古戏台

大地上的游吟者

沙溪，如果，我能为你多停留片刻，应是，多好。沙溪，春夏秋冬里的那份牵挂常同云一样，来了又走了，淡了又浓了。

我来投宿。你不问我住不住店，倒先问我手中菜篮子里的花是什么花。你不谈房价，也不问我要房费，倒先建议我去街对面的牛肉馆把饭快吃了。我犹豫着问，店里怎么这么静，就你一人吗？你家人呢？怎么没跟你住在一起？你手指向门外，说她们住在上面。

一路尘土落满身，菜篮子里的香草却状态甚佳，伴我走天涯。那几枝香草是大理街头随手买来的，为她找了个旧水瓶，就算安身了，每天只喂她水和空气。接下来，我到哪儿，她到哪儿。每日推开窗，把她摆在阳光下，等太阳落山再收进室内。

我实在是钟情你的小庭院，简朴，安适，没有多余的娇柔，忸怩。客栈只是它本身的模样，这样素面朝天的小店也只会是本地人经营的吧。吃着饭，望着对面四季轩那风尘中飘摇的蜡染招牌，还有你套了白大褂在一旁为人剃头的模样，想来也许其中会有些故事，是藏在了那染色的细碎布纹里的。

吃了饭，午后阳光暖暖的。闲走过几条老巷、一个菜场，几座城门。后来喝杯老张的咖啡，在老槐树底下，守着一株刻着时光的海棠，和老张的老伴坐着坐着，天就擦黑了。老张的老伴说，我们最开始来沙溪的一年春节，一个月的营业额还不到三十元钱，我们就整天去爬山，山里也挺好玩。老张说，这里挺适合我们，我们也习惯了，回深圳反而不惯了。那个春日，我们说了很多知心话，老槐树虽仍还枯干，未见新芽，但那个午后老张两口心上一定极温暖，好像女儿就近在身旁。

山里月色渐亮，裁缝店开始上门板了，小酒馆却才卸下门板，慢吞吞地准备迎客。溪水叮咚淌着，好似从无疲惫。也是

该回去了，买上两杯酸奶吧，一杯留给夜晚，一杯留给清晨，乐扣的水杯丢了，正好再买上个搪瓷缸子吧。回家吧，那个暂时的，宁静的家，明天，就是归期。

四季轩已点了灯，院子里的花花草草都歇下了，只有几尾红鱼伴着主人还未睡。换过风尘仆仆的衣裳，踩得木楼梯吱呀作响，下楼给你房费。你招呼我喝点茶吧。拿出刚买的缸子，你嘲笑我怎么能用搪瓷口杯喝茶？我站在柜台外也嘲笑自己，买这个缸子也许只为了那上面的大红喜字。

我赞扬你的小院儿收拾得合我心意。

你说，这招牌和一些点子，还是一些来沙溪写生的老师帮的忙。你拿出平时临的帖子，收集来的老旧家什，说除此之外没事还炒炒股，算是自娱自乐。

我说，我家有个擀面杖，肯定比我岁数大，都用红了。

你拿着我新买的菜篮说，曾经收过一个旧菜篮，也是用得红亮了，一看就用过几代人了。

面前的这个陌生男人，神情透了些许落寞，像是沙溪旧巷老屋墙头那颤巍巍的草，即使在阳光下，也显出股凉意。

你不像老张，虽然也是慢悠悠、不紧不慢的轻声细语，但老张有种骨子里的满足感，外人一眼就能看出。老张的咖啡实在好喝极了。他们女儿去国外留学了，原来在北京上大学，没两年退学了，经过了重重难关，终于还是自己跑出去，圆梦去了。寒暑假回来，听说也来店里帮帮忙。他们老两口，人挺好，特和气。

你笑笑说，他们的咖啡是不错，人也好，开店选的位置也好，在老槐树底下。我女儿只偶尔过来我店里玩玩。

谈到女儿，你眼睛亮了亮说，我女儿也是个高个子，扎个长辫子，放学有时给我打电话要我去接她，还得替她多买些小

唱歌的女孩儿

零食在学校门口等她，她总想着要把好吃的多分些给山里的同学。我还给她
配了个手机，同学都是没有的。

　　老爸总是想给她最好的，我补充着。作为父亲，当谈及儿女时，那突然
打开话匣子的神态，再熟悉不过。本以为那是初为人父的快乐，然而眼前这
个陌生中年男人的那份欢乐，似乎唯有女儿才可给予。

　　于是又小心翼翼问，那她妈妈呢？你一个人看店，又给人理发，哪儿还

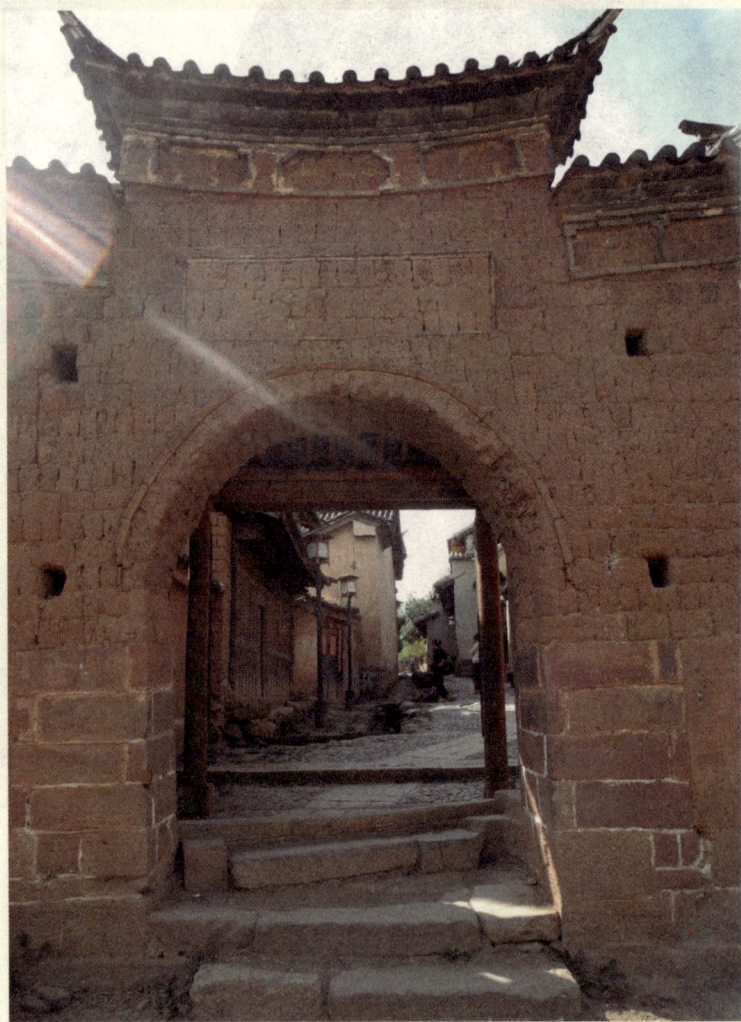

时光停驻的地方

有功夫呀？

　　她妈妈走了，去丽江了，找了个客栈，也是给人打工。那时我女儿小，老是生病，我就一边背着她，一边给人理头发，我女儿常常是趴在我肩上就睡着了。孩子每次生病，我最难过，又喂饭，又喂药。后来我女儿大点了，我又常去外面跑车，有一次晚上送几个客人去剑川，跟我女儿说要她早点睡，第二天好上课，爸爸一会儿就回来。结果我出车回来，远远看到一个小身子蹲在路灯下，就那么等在路灯底下，抱着腿就睡着了。

　　说到最后几个字，听到你声音微微发颤。慌忙岔开话题说，你本事还挺多，盖房子，收拾院子，剪头发，开车，你还会什么呀？

　　我什么都做过，过过一段苦日子，最开始是靠给人家修表。你语气依旧沉重。我跟我女儿她妈说，咱们钱够花，能平稳地过踏实日子就够了。

　　个人感情的事，我一个外人，不宜插嘴。

　　你接着说，她妈妈比我小不少，坚持要去丽江，孩子生下来，没两个月就跑回娘家了。挨了几年，还是离了。你抬手比划了一下，包括这房子，当时我所有的亲戚朋友都怀疑我，就凭你一个人，能把这老房子翻新设计再装修，搞成现在这个样子？他们都不信。

　　我立刻说，我信，我信，支撑你生活的全部，是你女儿，她就是你的生活信念。

　　这些年我总结出，一个人只有耐得住寂寞，才能在沙溪待下去。这个坐在我对面的陌生男人，已到中年，略微发福，貌不出众，语不惊人，然而讲的故事，却当真格外动人。

　　你问我，孩子多大了？那是过来人的口气。

才刚一岁。被你一问，我心中也被碰得软软的。

又聊到我自己和孩子她爸。结果不知怎么就说到了你曾经跑车的故事，跑货车，跑越野车。玉树地震那年，跑了趟青海，快到玉树的路上，从一个挺高的雪坡上跑下来几个孩子，手和脸全冻紫了，紫里发黑的那种，你要不是亲眼见过，真的很难相信那是人。那天还下着大雪，那些孩子不知道在雪里走了多久，山上有个喇嘛庙，地震后他们躲在那里，食物全部吃光了，孩子们是想下山找点吃的，找辆车把他们带回县城。我车上的客人把车里的吃的喝的，还有睡袋，身上的衣服也脱了，还有钱，都给了他们。但我那越野车里真的一个位子也没了……你哽在那里，眼圈红了又红。

是啊，玉树原来那么美。故事到此，一岁孩子的母亲，早已鼻头发酸，湿了眼眶。

是夜了，匆匆上楼，独自站在天台上，抬头竟发现这是整整一晚多么璀璨的星夜啊。沙溪啊沙溪，你为我送上这般繁星坠满天的一夜，而我是否辜负了你痴情的诚意呢？若是不曾听过那一串串的故事，若是不曾投宿四季轩，若是未曾喝过老张的咖啡，那么，沙溪的夜晚，伴着山谷吹来的风，本是适合思念的，美好的，不应有惆怅的夜晚。

收起香草，关好木窗。沙溪，今夜请让我为你歌唱吧，为了那寂静山谷里的野花、石头、老巷、木屋和人们。

喝杯清茶再走吧

丰盈村庄——康乐 双廊 沙溪

【醉倒大地】

西江酒鬼
酒精下的驯鹿人
怒江，是谁把你遗忘在阳光下

112 094 088

三
◇

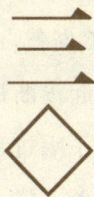

西江　阿龙山　怒江

三

上次你伏在大地上甜睡是什么时候？那让你心甘情愿的心醉是什么时候？又是哪一年的什么时候，曾经与尔消得万古愁？

我的姥爷，八十有余，自年轻起没断过酒。每次喝得微醺握着酒杯，总爱跟我说一句同样的话，姥爷这辈子喝过那么多好酒，但是，从来没有一次喝得酩酊大醉过，喝酒和做人有一条一样，得讲分寸。在姥爷看来，用酒来麻醉心灵与身体，是蠢之又蠢的做法。但假若是因酒而生的微醉，这样的人生大梦他倒乐意为之，且认为做做无妨。

有时生命得益于外力作用，迷醉中任由一颗心，一种梦，浮在暮色中那一池温柔沉静的湖水中。如此激荡出生命的欢欣与愉悦，相信没有几个人会拒绝那一刻的最美沉睡。

西江酒鬼

在西江，我俩一屁股坐在了一群酒鬼中。酒鬼的嗅觉是大地赐予的，植物酿造的芬香往往可以让迷恋土地的人瞬间失掉理智。

木楼里歌声起伏，酒气醺醺。当天雪还在犹豫手中没有主人的请帖时，我已推开了那扇木门——啊，是冬日里的喜宴。男人们在外屋围坐一圈，女人们在里屋，桌上铺满五花肉。

倒酒，倒酒。赴宴的人们，距离醉晕只差最后的两三分。年长的男人给我们端上美酒，年长的女人不断斟满我的酒杯。一仰脖儿，微辣甘甜的液体注入体内。啊，酒让人能量不凡，酒能统治人的精神。我的酒杯碎了，撞上

西江的第一缕阳光

醉倒大地——西江 阿龙山 怒江

最是那抹头上的绚丽

女人哀伤的歌唱，倒在男人粗壮的骨骼上，碎成了一片片。

　　新人不知去向。新郎的父母频频起身，微笑着看我饮下一杯杯甜酒。我无言以表，只是露牙咧嘴傻笑，一饮而尽。三杯过后，天雪醉了，醉得很在状态，颇有韵致。她尖尖十指托起涨红粉腮，满目含情，说不尽的嗔羞，唱了首情歌。女人们酒气十足地喷出一句，你唱的是什么，我们一句也没听懂，再来一首。我大声喝彩，继续喝酒，心底升起一股思念。她们马上用红红的眼睛看了看我，我忸怩一阵儿，在心底很不慷慨地说了句，我不会唱歌。女人们说，她有量，给她满上，她醉了，你唱。她们又说，新娘子也是北京的，像你一样高高的，眼睛大大的。我大笑，直到眼眶泛潮，用酒藏起眼角的伤感。

说话间，新人回来了。双双立在门首，笑对众人，郎才女貌，很是般配。我只顾死盯住那两张漾满幸福的脸，看得出神，竟忘记举杯表达我的祝福。倒是新郎新娘齐来举杯向我们敬酒，天雪在旁也撑着身子站起来，不住絮叨着新郎人还真是很帅的。新娘操京腔儿肩并肩同我坐在小条凳上说起了自己，她的苗式婚礼，她爱的那个人，这个来了只是第二次的苗寨，说起南

愿天下总有不散的宴席

91

一锅酸汤，一屋暖意

方山村冬日的寒冷，说起向长辈们敬酒，还有大婚那天她的光彩照人，还有在北京等待她们的另一番隆重……啊，爱真是场造美运动，每一级石阶，每一株水稻，每一条小溪，每一只飞鸟，都为她难以描述的美丽深情打动，送上至深的祝福。我为她那双射着甜蜜爱火的眼睛幸福地笑着，并在脑中迅速还原着这个大眼睛的北京姑娘在两天前是如何光芒万丈，环佩满身，众人簇拥，叮当出巷的。就在这一霎那，我想起那条与我曾有过盟约的盖头，忽然觉得悲由心来，就又喝了口酒。席间，戴眼镜的新郎背着醉酒的男人们几

大地上的游吟者

进几出，他们是真的醉了，表情呆滞，脚步迟钝，醉倒在由泥土地、石板巷一脚踏进北京柏油路上有了大出息的那小子儿时的家中。

后来，不知怎么，新郎的表哥坚定地坐在我身边，拉着我手说，妹妹我看你行，我俩喝。我远远没喝到天雪的状态，缩了手，跟他碰了一个，然后赞扬他

殷实温暖的家

一表人才的兄弟，和那大眼睛的北京媳妇。他朦胧地听了听，一高兴把杯中酒全灌了肚儿，紧接着就被众人合力架去了外屋。新郎母亲回来跟我说，这些天他们都是从早喝到晚，给抬回家的很多。

回家。是该和我那有点夸张的姐姐下山回家，回到今夜属于我们的吱呀作响的木屋了。木楼里的酒席还未散去，此刻无人入睡。看啊，永恒的星空充实了我的心，喷香的糯米饭又填满了我的胃。今夜是寒冷的，醇酒是火热的。在漫山的星火中，我凝望着一朵朵开在高山苗寨里的灯盏花，我那禁酒的穆斯林的儿子啊，我该如何向你倾诉，刚刚赴的这场喜宴上一个个酒鬼的狂放、热烈带给我的欢愉和哀愁呢？我不知道。我不知道。

相隔不到一个月之后，在北京的家中，我又想起那日在贵州乡野那让人中毒的玩意儿。不同的是甜酒变成苦酒，米酒换作二锅头。后来，有人飞马赶来救我出苦海；后来，借着发酒疯儿的机会抱着那颗被我吓坏的心发誓愚蠢仅此一次。可悲的是，一个不折不扣的酒鬼，为酒而活，活得纯粹，而我们大大的不如酒鬼。

酒精下的驯鹿人

是这样的一个森林中驯鹿人的故事。它是迟子建长篇小说《额尔古纳河右岸》的故事原型，它是我在离开有鹿的森林后才知道的故事，它是酒精下的驯鹿人像童话世界般遥远的故事。

真实的故事没有固定情节，没有固定剧本，没有固定演员。你来到了这片响着鹿铃的森林，你便既是演员，又是导演，也是观众。

故事像大兴安岭的草皮一样，逐年积累，逐年老去，凡是厚厚的，松松的，软软的，可以弹起来的，值得利用的，都被人从这里割一块，从那里挖

无边无际的林海

醉倒大地——西江 阿龙山 怒江

鄂温克人森林里的家

用桦树皮剪驯鹿的维加

一块，加以组织自己故事血肉的丰满。草皮被点着后的几小时内，化成了灰，融为了烟。那匪夷所思的，遥不可及的故事如尘一般，就这样告别了驯鹿，飘出了森林，随风进入了城市，就此成为报纸、杂志搜寻猎奇的神秘对象。

残酷的话语，残酷的故事，残酷的世界，我不愿面对，我只想逃开。直到某报在文化版上，不仅登出了维加的素描画，也印出了维加酗酒后的幻觉文字，才决定应该用勇气，用力量，去记录下这个现在人口不足二百人，以鹿为生的民族——鄂温克族。

维加的母亲芭拉杰伊出生在阿龙山森林，这个空气芬芳、鹿铃叮当、冰雪融化的时节，某个用鹿皮围起的撮罗子里。父亲母亲对这个脸若银盆、眼睛细长、颧骨高高、小嘴薄翘的

坐在帐前刮皮子的芭拉

伶俐人儿怜爱有加。小芭拉躺在桦皮摇篮里，时而睡一睡，时而醒一醒，时而哭一哭，时而又闹一闹。听着撮罗子里母亲唱童谣的声音，母亲揉皮子的动静，母亲打列巴的声响，母亲喂鹿吃盐的节奏，母亲去河边洗衣的脚步，还有犬吠汪汪，小鸟布谷，鹿铃叮当，虫儿嗡嗡，这一切她都悄悄记在了心间。可等到父亲找鹿、打猎回来后，整个森林乐队就忽然沉入黑暗了，它们要在寂寂的林间做个好听众，听只有父亲和母亲两人合奏的《月光》。

　　小芭拉和那年新下仔的小驯鹿一样一天天长大了，长壮了。她趴在草皮上看一只缓缓爬行的毛毛虫，她爬到树上仰头望着长得像鹿角似的云，她和哥哥姐姐还有爸爸那忠实的猎犬一起在林子与河流间奔跑、跳跃，每次玩累了自然就闻到了撮罗子里飘出的奶肉香气。她无忧无虑，从不为明天而烦恼，就像是在林间吃饱了，玩够了，找个树洞就能美美睡上一觉的小松鼠，

大地上的游吟者

如果不是妈妈提醒要储存食物，它才想不到阿龙山的冬天就快到了，它更不会也从来不去想阿龙山的冬日是不是真像妈妈说的一样，残酷又漫长。

有鹿的森林

森林间的狍子肉干

　　渐渐的，小芭拉在早晨能像母亲一样挤回满满一罐鹿奶
了。她在母亲的指导下也能打出一个圆圆的溢着麦香的列巴
了。她把初夏的野玫瑰别在耳边，她把盛夏的山蘑采在篮里，
她把夏末的红豆握在手心。到了秋日，她发现那原本温和善良
又无辜的鹿眼里流着火一样的东西，它们还低着头，竖着角，
伸长脖子，像是要发生一场争夺后的灾难。她不安起来，害怕
自己的眼神里也露着同样的光，就赶忙跑去小溪边蹲下来仔仔
细细地照。在这里她遇到了一只还在学飞的今年初夏才出生的
小布谷鸟，于是就把她所有的心事一股脑儿倒给了这一只小鸟

大地上的游吟者

儿听。小鸟忽地飞了起来，绕着溪边的森林欢快地上上下下转了几圈，然后落在树梢上问小芭拉，你看我的翅膀上沾着什么？她摇头说什么也没有。小鸟说，是阳光。

于是芭拉就成了一辈子都热爱阳光的人，六十年如一日。只要森林里有干净又灿烂的阳光，她就会一屁股坐在那些松针落叶上享受属于她的温暖，她讨厌高高的沙发和见不到阳光的铁盒子。

阿龙山的秋天就像是父亲打飞龙时那些天好运气的短暂。就在那个没有星星做伴儿的夜里，一场她生来从没有见到过的大雪，迫使山上的族人带着他们的鹿，向着阿龙山更深处寻找那些没有被大雪淹没的山坳。暂时用不着的皮子、狍子肉干和其他生活物品，被放到了高高的靠老宝上，盐、砖茶、碗、桦皮篓里的面……都被捆在了鹿身上，年老体弱的妇人和稚嫩怕冻的孩子都纷纷骑上驯鹿，开始了定居点之间的转移。

那时森林、天空、鹿、族人、母亲、父亲、哥哥、姐姐、芭拉，还有兔子、狐狸、飞龙都成了白雪的颜色，白得叫人恐惧，白得无声无息。这支白色的队伍以及它的跟随者走了一整天，依然看不到没有被雪覆盖着的苔藓。芭拉骑在鹿上，她累极了，打了个瞌睡，没坐稳滑下来，刚巧重重摔到了一块被雪薄薄没了一层的石头上。母亲的直觉告诉她，女儿这一摔，肯定是把腰摔骨折了。

后来雪小了，阳光重新把苔藓照亮了，驯鹿兴奋地在林间跑着。

父亲心疼女儿，觉得女儿的腰还是应该让城里那些脸上带着奇怪白面具、只露出两只眼睛的人看一看，于是决定带女儿下山。那年芭拉杰伊十二岁。

山下的世界，对芭拉这个从没有下过山的小女孩儿来说，

就同万花筒一般。山下不仅有很多稀奇古怪的东西，还有很多不同地方的人，父亲把从山里带来的鹿茸、鹿胎、鹿心血交给这些人，换回盐、茶、面粉、肥皂、布料、锅、女人的头巾，还有美丽的小发卡。

可是她能觉出山下人看她们很奇怪，她们看山下人也觉得陌生。芭拉觉得山下好玩有趣，山下有太多她从没见过的东西，但山下没有干净又灿烂的阳

柳芭的画

大地上的游吟者

光，人们都住在四面被封死还不通风的房子里。她思念山上的森林。山上的路不像山下的路走起来那么硬邦邦的，累了就可以席地躺下，野花、布谷鸟、小松鼠自会来找你说话，永远不会寂寞，如果睡得太久也自会有长着美丽犄角的鹿来把她唤醒。

芭拉属于森林王国，无论大家是不是都要搬迁下去山下，她是永远不会离开森林，不会离开驯鹿的，她隐约感觉着。

在童年结束后的一段时期，芭拉都被一种闷闷不乐的情绪所困扰。后来偶然一次和父亲下山，她又遇到了一群人，那些男男女女被山下的人团团围住，她们手里举着一些非常古怪的东西，正往山下的人身上又抹又扎，芭拉好奇也跟着挤了进去。

接着，经过一段时间的学习培训，芭拉已经能在山下成立的卫生室独立工作了。她看待病人就像照顾森林中她的小鹿般温和轻柔。虽然山下有许多的不如意，但这样的工作还是会让她心中宁静。

直到有一天，一个从山上下来的和父亲一样出色的猎手，到她工作的卫生室看病，她的宁静才就此被打破。芭拉不知道等待她的即将是幸福还是苦难，她只知道，他来了，世界变美丽了。

他穿着兽皮衣握着枪，能在大雪中趴着埋伏很久等待猎物的出现，他只要把两个食指放在嘴上，他那忠实机敏的猎犬伙伴就同样会悄悄卧下四肢。他的眼睛是族人中最明亮的，无论是飞龙、灰鼠、狍子、獐子、狐狸、猞猁，他总能用一颗子弹就解决一个猎物，他每次打猎后带回来的东西，总是让族里的姑娘们惊叹不已。每个猎人都把跟随自己的枪视为生命，他自然也不例外，即使下山他也会带着自己心爱的枪一同去。但就

柳芭的画

　　是这样一支给他带来尊严和骄傲的枪，让他失去了再看到那些
林间精灵的机会，让他再也无法呼吸到森林的那些芬芳，让他
再也无法听到鹿儿的叮当把晨曦的影子踏碎。

　　是这支枪让芭拉对他迷恋不已的，也是这支枪成了她苦难
的开始。她热情、率真的猎手，就是维加和柳芭的父亲。

　　看见维加的时候，他穿着身迷彩服背着一杆枪，正从森林
中一顶白色帐篷的后面走来。他的母亲芭拉穿着长裙，包着好
看的头巾，在帐篷前正向着一口锅里下着挂面。我来邀请他们
去和我们到那边帐篷一起吃饭，那边有新鲜蔬菜、猪肉、火腿
肠、方便面，还有酒。芭拉说，我们一直都自己吃。她又说，

你们上来了几个？我说，三个。芭拉又问，她们让你住哪个
帐？我说，那边铁匠的那个，她们说铁匠的东西女人千万不能
碰，还说炉子后面是女人不能去的，在帐篷里走路要从哪里来
就从哪里回。芭拉对着那锅面条嘟囔了句，那是她们，我们没
那么讲究，住我这。

她们是指，与芭拉的帐篷相距不过二十米远的三个帐篷，
那里生活着玛利亚·索这位年近九旬的部落女酋长，和她的女

维加的猎枪

正在煮饭的毛夏

儿，还有扎着辫子貌似许巍的毛夏，一个年轻力壮的汉人，一
个年老沉默的铁匠，以及四五条高大的猎犬。她们就是固执地
守卫自己森林王国的鄂温克人，玛利亚·索的女儿对我说，外
面的人管我们叫森林"盲流"。

开饭了。那边帐篷外传来了锅碗瓢盆的奏鸣。

毛夏做了一大锅圆白菜和猪肉炖的菜，正忙着盛盆，我来帮着端菜，就看着他问，还要不要把锅里的都盛出来？他用细长的眼睛望了望我，慌忙又躲开了。接着腼腆地说了声，不用了。

落叶的地面铺了块毡子，上面摆着炖菜、糖拌西红柿、狍子肉干、酒、列巴、奶茶、米饭，大家围成一圈坐下，吃着各自喜欢的食物，虽然那食物被密密麻麻飞舞的苍蝇抢先占领了。在根河火车站巧遇的敖鲁古雅乡的卢书记说，上来吃饭就是吃得香。有人提议，今天应该喝点酒。北京某杂志的特约摄影师看我毫不犹豫地接过一瓶酒说，这是个女酒鬼，说着说着他碗里的饭就没了，我们依然吃饭，他继续工作。铁匠耳朵背得厉害，坐在离毡子稍远的地方吃着，玛利亚•索老人单独在帐篷里吃饭，她的女儿边吃边说着在山下、在敖乡的事情，附近是鹿集体卧在树荫下发出"噜噜"的或偶尔"叮叮"的声音。那时，他们都醉了。

绿的明亮的森林。它的真实就在我与鄂温克人一起喝着一瓶酒时，它的虚幻就在有美丽犄角的灰白色鹿响起胸前的铃铛那刻。

吃了饭，洗了碗。我就又朝芭拉的帐篷走去，芭拉看上去亲切又和善，她能听得懂我说的话。我告诉她，我的家乡，她说隔上一两年就会去那里一次。她问我住的具体位置，我告诉了她，她又问我认识北大的媛媛吗？我摇头。她说媛媛也来我这住过，学人类学的，写完论文留校了。我说山下的房子盖得挺好，为什么宁肯成了养鹿场，自己都不愿意去住？她说离不开森林，离不开驯鹿。我问平常都是维加照顾您吗？她说，都是我在照顾维加，洗衣服、做饭都是我干。你现在睡的床是他二姐的，头几天下山了。我问维加还没有结婚吗？这位母亲无奈地摇头说，心太高，都四十了，原来有两个姐妹都看

醉倒大地——西江 阿龙山 怒江

上他了……说得渴了，她就让我也喝她用野玫瑰嫩叶泡的清茶。我问您都会唱什么鄂温克自己的歌呀，芭拉笑着摇头说她不会唱。我说您教教我吧，或是唱一小段维加爸爸年轻时唱给您听过的歌吧，这次维加的母亲没有回答，笑容不再，眼睛黯淡。

外面的林子和阳光一样静，听不见流走的时间。

帐外毛色漆黑，体型硕大，才出生三个月的蒙古狗，正在半空中戏弄一只草靶子，把它用爪子扇晕，然后咬死再吞掉。接着它又跑进来偷听我与芭拉的谈话，稚气地在我脚边玩耍，发觉我喜欢上它的大脑壳后，高兴起来就不管不顾地把我的脚和腿，放进它嘴巴里那还不太锋利的牙齿上轻轻含一含。

不知道那是什么时候，林子里鸟叫的声音连成了串，在它们的翅膀下和林隙间淌着的是一片梦境的遥远。森林的夕阳就这样到来了。

维加也踏着夕阳的影子回来了。我问，怎么一下午都没有见到你？他说，去找鹿。维加又说他八几年的时候到过北京。我问当时他在哪儿，他说是民族大学。我又问，在北京待了多长时间？他说，没两年。我还想知道他为什么只待了两年，便又问。他只是翻身从床板下掏出个素描本递给我看，画本的前几页画的是他的森林、鹿和云朵，以及庄重沉稳的玛利亚·索老人的画像，最后几页是他写的一个故事的开头，还有几行诗。我赞扬他的画有神韵，并问他说怎么没有写完。他说，没时间。

后来，维加从那边的帐篷里提来了半瓶酒，我们晚上一直在聊文学、绘画、电影。他说那时在学校其实是和别人打架了，就回来了。他说他姐姐柳芭原来也在那里上学，他喜欢看她姐姐画画的样子。他还说他喜欢过很多诗人，画家里他喜

印象派的几个。他问我看过伊朗电影吗？喜欢哪个导演？这里没有电，四周漆黑而寂静，我们就这样坐在帐篷里聊着。再后来，他的酒瓶子似乎是喝干了，慢慢的他的话也跟着语无伦次起来。说完他突然沉默了，我看着他在黑暗中的轮廓。他猛地打开手电筒，把直直的光照在我脸上说，你听这是什么声音？你在跟谁说话？怎么就一个人？我不知所措又哑口无言。我跟维加说我想出去待会儿，掀开厚棉帘就出去了。

阿龙山夏日的阳光褪却后，只留下了爽朗清冽，星星一闪一闪的，看上去单纯又无辜。

撑开门帘，再进去时，维加依旧端端地坐在他的床上，这次他很绅士地冲我说，我想你该早休息了。躺在那用林间的木材支起的小床上，我想维加的体内一辈子都会被那种对抗和矛盾冲撞着，借助酒精的力量或许他才会觉得有了一丝自拔的勇气。在这个帐篷里，芭拉、维加都悄然沉入自己编织的童话世界了，唯有我，我不知今天自己已经是进入了童话王国，还是依然徘徊在残暴的现实世界中。

第二天早上起来，我问维加，你还记得昨天晚上你跟我都说什么了吗？维加似乎酒依然没醒，说话不清不楚。芭拉很早就出去给鹿喂盐了，我醒来时，她已经做好了早饭。吃过饭，维加为母亲和那边帐篷劈了些柴后，就背上枪，带着卢书记他们到山那边打猎去了，他们知道我对动物的立场，就让我留下来看家。

去溪边打水，坐在地上剔鹿皮，煮奶茶，做饭，洗碗，割草皮，给鹿驱虫，我像个鄂温克女人一样干着活儿。就这样我在有鹿的森林生活着，继续了一天又一天。男人们都出去了，这样我自然就有了机会，听女人们在我耳边尽情讲些关于谁的隐去了很久的秘事。

我问毛夏一瘸一拐的腿是怎么弄的？她们说是割鹿茸的时候给鹿踢伤的，她们还说他离婚了，因为他的身体。我问平时这里就一个汉族人吗？她们说，那是她们雇来打工干活的。我问卢书记每年是不是都常上来看看她们，她们说他敢不来吗？我说维加很有才，她们说，几年前他脑子比现在清

楚，说话也比现在要利索，早晚有一天会跟他姐姐一样。我说昨天听维加讲，他姐姐很会画画，他姐姐现在还在北京吗？还是下山住到敖乡去了？问题到了这里，她们瞬间都沉默了。

芭拉背过脸去，找出了本小相册，对我说，我们不给拍照的看，这都是柳芭的画。她走了。我双手接过这些用胶片翻拍出的油画，那些有森林、驯鹿、云彩、溪流、明月、情人的童话世界太美了，也太冲撞，太挣扎了。柳芭的长发没有给了她引路的方向，只会给她带来更多更深的烦扰。柳芭一直在用所有的儿时记忆来抵抗残酷现实。我知道我内心也埋藏着同样的种子，挥之不去。我久久地看着那些画，那些画也久久地望着我。我不知该怎样向芭拉这位母亲表达我的感受，仿佛只记得自己声音颤着发出了很多遍它很美、她很美的赞扬。

母亲芭拉说，柳芭在北京开过画展，现在这些画都在她山下的家中，有人要来买，出价很高，我一幅也没卖。说着她又给我看她家中的照片，上面有她的孙子、孙女。芭拉反复提及的几个词是孙女、五年级、北大、草原列、海拉尔、儿子、媳妇、再嫁、呼市。她对我说这一切时听不到长吁短叹，只是轻描淡写。

说到维加时，芭拉说维加肯定会走她姐姐的老路，她就等着那天早点到，说你看他现在就……说着说着，维加就从帐篷外进来了。他看见我腿上摆着那本相册，我的脸上也写满了无奈又黯淡的光。他撇下一句，送你样东西，就又出去了。他从那边帐篷里找来了桦树皮，又翻出了剪刀，自顾自地剪着，什么也不说，是一只鹿的剪影。我说，真美。我把它夹进我的图谱里藏好。我从包中掏出路上看的《旅人》，送给他以表达我的谢意。随后，维加对我手中的图谱感到好奇。我问他这片林子里又有多少这书上有的鸟，他精准无误地指着图谱中那些鸟，并说在这里我们叫"卟卟嘭"，它就是飞龙。

再后来，太多太多的细枝末节，我在阿龙山猎民点的细枝末节，关于鄂温克人从前与现在生活的细枝末节，我无法去一一描述了，我不愿再讲下去了，我累了。过往太多的细节，只有那片森林还会知道，只有那群鹿还会记得。

拥抱，告别，过河，上车，下山。

维加送我的用桦树皮剪下的驯鹿，让摄影师和卢书记羡慕。但我在离去的车上才听来的，我借住过的芭拉和维加那个帐篷中的故事，却让我陷入了一种极端的情感。至于维加的父亲，那个出色的猎手，是在一次请求直升飞机救护时，被人击穿了胸膛。至于维加的弟弟，那个随着夕阳的鹿鸣一同消逝的年轻猎人，他模仿鹿，叫得太惟妙惟肖了，以至于他在夕阳里迎接了另外一个猎人的子弹。而至于柳芭，那个鄂温克女画家，她无法适应城市繁乱的人际关系，她选择离开，但返回森林就会为找不到画笔、电、自来水、镜子而苦恼，她和她身边的人都没办法让她像曾经一样平衡。于是她酗酒，疯狂地酗酒，酒精给了能安慰她的大兴安岭的天空，这远不是那个非常疼爱她的看门人所能给她的，也不是她所在的圈子中的出色、给鄂温克人带来的荣耀所能掩埋的。直到那天，柳芭从无数次的神志不清中再也没有醒来，她去河边洗衣，河水就这样冲走了她灵魂出壳的身体……

如今森林里的驯鹿，又开始躁动不安了。

鄂温克人延续着鹿的信仰。只要森林在，鹿在，鄂温克人就在。

怒江，是谁把你遗忘在阳光下

清晨独自打开电视，恰巧里面正播放着尼泊尔推行环保教育的纪录短片。那雪山环绕、白云深处的小村庄，有着同样的缥缈、沉静和安详，也有着来来往往的背包客，还有一样的聚了又散、散了又聚的云。于是，竟这样无端地惦念起在云端上飘远的怒江。

还是四月天的一个周末，从第一站湘西晃到黔东南，又从贵阳混到昆明，没几天时间竟辗转到了西南大地上的三江并流地区，一切仿佛都来得太过轻易。就这样，一路在金沙江的血管中，澜沧江的脉搏里，怒江的体温

贡山县城，山雨袭来风云满城

下，穿行了三江并流地区最柔软的地带。多年后，那在云端上的怒江，远得只剩背影，那小而模糊的背影却又如此真实，注定谁也不曾将你遗忘在阳光下。

那天长途车坐得腰酸背疼，好容易才算到了六库，从昆明出发，一路颠簸，车程算下来竟有十几个小时。六库的灯火夜，潮湿闷热，却充满激情，热力四射，擦身而过的张张黝黑面孔都新鲜而健康。六库，这个边防重镇的繁荣商贸，完全出乎意料之外。

夜晚水果摊前的灯，照亮了一张独行旅人沉静的脸。线条消瘦，体态优雅，眼神像是小女孩放学走在回家路上的安然模样。她不知独行了多久？来自哪里？又要去往何方？我瞥见她目光中对于六库这个边境重镇不曾闪过惊喜的光，她正顾着在询问水果价格，并不曾留意身旁同样来自远方的旅人。不知我们是否有缘一起旅行怒江，找寻一段被遗忘在阳光下的记忆呢？

一觉醒来，借着微露的曙光，便跑去六库城边的山中，听鸟儿欢快地歌唱晨曦，赞美阳光。那是高原上的神光，金色的光。当云层缝隙间射出的笔直的光，洒满鼻尖、发梢和肩头，当整个人被这浑厚、有力、大气、强悍的雄性美所心甘情愿地俘获时，才慢慢发觉，这座受到上天恩泽的远方山城，是那么明朗而开阔。与山间往来的傈僳族人相遇，我们轻快地招呼着对方，热情地拉着家常。我把手指伸向云层中的光，激动地诉说，这就是高原的光线啊！这就是高原的光线啊！美得神奇！那么神奇！面朝山河，闭上双眼，享受阳光，不知不觉人就轻了起来，幸福竟不知不觉溢满了脸庞。

顺着云的指引，沿着光的方向，又开始了一天盘旋在云端之上的怒江腹地之旅。才出六库不久，怒江边遭遇修路堵

大地上的游吟者

贡山街头的新鲜桃李看着就馋

车。路边有两个古铜肤色、轮廓俊朗的少年，坐在草垛里聊天唱歌。看样子他们很高兴能在自己熟悉的山间与陌生人相遇，他们脸上显出了山川大地的情怀，眼里透着羞涩与期待，仿佛阿巴斯电影《随风而逝》中，那个领路小男孩初见陌生人的模样。在等待通车的漫长无奈时间里，我伴在他们身旁，边一首接一首听他们弹琴，唱傈僳人的歌谣，边赞美这大地上孕育出的上古色泽。只是通车比期待中早了许多，那少年的歌声在我身后，也很快成了云端飞逝的风景。

车过福贡，颠簸中，并不曾迎来期待中的街天和赶集人身着的华丽又端庄的服饰。山间弯多，车速并不快，能看清这片三江并流区大地上最美丽的褶皱，和大地上最无情的伤痕。一条江水湍急地劈开了高山峡谷，皑皑雪峰时隐时现，浮在云端，缥缈得美丽异常。树木居高临下退于山顶，在一片小小的领土上，叹息怅惘曾经的山河岁月。住在山上的傈僳人像登天梯一样在

坡耕地上，艰辛耕作收获每一块"大字报田"。那片怒江的高地之上，就是每日云端下的真实生活吗？

途中旅人总是相遇又错过，有的是天意，有的得看机缘。今日的目的地是贡山，在这里才真正与在六库水果摊前错过的独行旅人相遇。我们在贡山吃了顿ＡＡ制的川菜，才算正式认识。她的普通话说得比较慢，说是来自新加坡，来云南已经快一个月了，准备在假期的最后几天完成怒江之旅。告诉她，我从北京出来也好一阵了，从湖南、贵州再到昆明一路走来，有点疲惫了。她说规定自己每天的生活费不超过40元人民币，云南是个美丽的地方，只是随处都有在路上、在车上抽烟的人。我笑她来云南这么些天，很有忍耐力了，并赞叹她的简朴旅行，不为标榜什么，也不为什么太多目的，只为能把有限的假期交付在路上，体验那份在路上的感动与悟道。那天贡山那不过两三张桌子的川味小馆，腊肉香又辣，米酒甜又醇。

吃过饭后，天完全黑了下来。当地人开始在街边三三两两地跳舞，渐渐的有了音乐，有了人气，圆圈拉得越来越大，最后跳成了欢快的集体锅庄。那一对双棒儿小姑娘在人群间跳得尤其起劲，一个藏族老阿妈或许是在酒精的催发下，动作出奇地优美舒展。当时站在圈里圈外拍完照后，我冲动地跑进人群，混在圆圈子中唱啊跳啊，沉浸在一份莫名的感动中，不知疲倦，直到入夜。我们说着，还是少数民族兄弟快乐啊！

是啊，那随时随地的快乐，不知道跳醉了多少人，在那晚贡山的阑珊夜色里。

又一日，贡山的一弯新月挂在西边，纯净地看着月下的我们肩并肩奔向漆黑的车站。还未醒来的贡山，静美又安稳。那日溯江而来，在连接怒江百姓命脉的这条路上，长途车里只有几个孤零零的天涯旅人。每人单坐一排，不问来自哪里，去往

大地上的游吟者

丙中洛街边，怒族大妈正在挑选心仪的头巾

何方，只为孤独而平静地看风景。风景在视野中悄悄划过，那是竹篾桥上溜索怒江的惊险，那是传说中浮现云端的石月亮，那是峡谷中蓝翡翠飞翔的美丽，那是怒江第一湾浊浪的平静，那是雪山上吹来涤荡双眼的风，那也是伤亡惨重路段的惊骇。那些天，为着赶路，长途奔袭，周身疲乏，阖上双眼，却全是怒江峡谷间树尖上的绿光袭向面前。

午后，那个遥远得不能再远的地方——丙中洛到了。

街道上没有找到《德拉姆》中丙中洛的痕迹，湿湿的雨后，那条街上有马和云的气味，那是天上一条朴素又清幽的街。沿着小路，顺着当地人手指的方向，那是洁白的教堂，而那边就是丁大妈家。我们在田埂上拐了个弯，清凉山风就慷慨吹散了云朵的面纱，雪山不再脉脉含羞，过路的察隅马帮叮

聊天

叮当当带着凡尘朝雪山走来。也许是我们对于马帮的脚步太过
激动，不一会那雪山拢云又重回了天界。幸而路边，还有一丛
丛贴着地皮盛开的紫色小野花，这一点点不经意的美，却点缀
了干热河谷中的匆匆脚步。

　　"我们来了！"笑着和丁大妈打招呼问好。在丁大妈家的
厨房帮忙时，聊起了田壮壮的电影，丁大妈说他们在我这待了
好久，我们这里就是茶马古道了，空气很好的，喜欢就多住上
几天。最后丁大妈大方地向我索要《茶马古道》的DVD，我
点头笑笑。终于盼来了热气腾腾的两大碗面，那刚出锅的白烟
背后是丁大妈热情的笑脸，像是要溢出了凉棚外。路上清脆悠

秋那桶的怒族妹妹

扬的铜铃声又起，叮咚着朝雪山那边飘然而去。丁大妈家的屋檐下，天然而成的画框中雪山清丽，马帮幽幽，人影灿灿，一片光明远阔，这是来自于那个午后时分的静谧村庄。

改装农用车把我们从沟坎纵横的土路，摇摇晃晃运到了秋那桶。沿途经过马帮旧路崖上细碎的古道，经过德拉姆桥上的铜铃声声，经过甲生、五里村的木屋，经过守候在路边的小杂货店，经过河流生命中的繁华和安适，经过山间风的寂静和鸟的啼啭。

沉默，行走，上山。走过了溪流、塌方、碎石，接着上升。那个有动听名字的小村，秋那桶，近了。一路走来，在毫无心理准备下，雪山猛地冲到面前，明晃晃，刺着双眼，亮闪闪，撞着心肺。我们头发湿漉漉、乱糟糟的，双手叉腰，望着雪山，那样子像是失语了，人哽在那里，静默了，唯有望着雪山呼气，吸气。

很快到了阿白家的木屋，家里只有秀气的小妹和美丽的阿妈在。阿妈为我盛上大杯的米酒，说是很能解乏。我美滋滋地喝着，看着这美丽又善良的阿妈，心中也挂念起自己的阿妈。坐在屋檐下，手捧着米酒，看着脚指

绿色田园

在阳光下释放疲惫。那雪山静止了，麦田静止了，小屋静止了，人也静止了。忽然问自己为什么要走那么远的路，来到一个这么遥远的地方，看那静止的风景？

　　风，静悄悄地把汗带走了，也带走了蓝天上的云朵。一切又动了起来，恢复了原本的样子。从山下又走上来一对头戴斗笠来采风的甜蜜旅人，女的有蓬松的长发和静美的面容，男的容貌硬朗有拉弩射箭的力气。他们随身带来一张从老乡手里得到的好弩，与我们交流着使用技巧，并说还要在这里待上一段时间，采集些山野小调和那庄严的四声部合唱。午后的阳光不再寂寞，光影也越来越快地移动着。

大地上的游吟者

穿行麦田，抚着绿色的穗子从指缝间划过，柔柔的，痒痒的。到了，到了我从前歇过的一棵大树下，那棵遮蔽护佑过我的树。我们一同往山上走，自言自语道，这里我好像来过。来自新加坡的旅人慢条斯理跟我说，她的一个亲戚，在尼泊尔，也找到了和梦中一模一样的地方。

"你好！"握着长砍刀准备上山打柴的小朋友，调皮中带着小小的羞涩和我们打招呼，并向我们介绍起他们的小学，那猎猎红旗和孤独的篮球架，站在山中的阳光下那么寂寞。一路杜鹃在阳光下有些打蔫，可那日复一日背着牛粪往返四次的姑娘们，却依然欢快地哼着小调。接着往山上走，一个孩子的脸被跳蚤咬肿了，让人心疼。一个哭伤了眼的男人正向村人诉说孩儿他妈被人贩子拐跑的经历，问我们有没有办法帮助他，他一个人带孩子今后生活该怎么办？报案，找人，没了钱，最后只有退守到山间的木屋，接受那漫长而无尽的等待。我们给他买了包烟，也许那能稍稍安慰下他的心。

雪山，麦田，小屋，旅人，正在移动的阳光下逐渐变暗。隔着麦地的斜阳与刚来投宿的旅人，大喊着交谈："我们看住的那儿没人，就把包儿先扔那儿了。""我们也住那儿，刚才那儿还有人呢。""晚上一起吃饭吧，我来掌勺儿做咖喱鸡。"那是多么亲切的乡音啊，仿佛很远，又好像很近。

起风了，火塘暖了，犬吠浓了，夜色重了。有人在聊天，有人在喝茶，有人在烤火，有人在写日记。远行旅人们的一张张面孔，在火塘的暖光下不断跳跃，鲜活而生动。我用从遥远的北京背来的一大块咖喱，做了两大盘鸡，闻到火塘飘香的小白猫忍耐不住，缠在腿旁，激动地走来走去。得咧，出锅喽。火光映红了一个个异乡人的嘴唇，照亮了一桌人吃鸡喝汤的眼睛，还有又唱又跳，醉了的老阿妈的脸。

夜深了，该和温暖的火塘说再见了。在漆黑的小山村中仰望夜空，秋天的星空那么高远而宁静，伴着雪山，如同召唤，如同指引。在星空下，用那雪山引下的泉水清洁我的身体；在春夜，用那密密匝匝的星辰来培植心间的浪漫；在木窗前，与我梦中的雪山轻道一声，晚安，雪山。晚安，秋天。

【再见传统】

四

◇

西海固　乐亭　小程　同仁　马街

旱海的花儿把心淹了

一口难叙悲欢影儿

小程，手指上有乾坤

与神灵相望的艺术

马街，草根曲艺「嘉年华」

四

在同仁天一般高的赭石红山下，有一个叫做尕沙日的村庄，安宁平和，桑烟缭绕。六月初六，一路走来，远远望见那卡毛加，正面向高山穿一件崭新的藏袍，围拢在她身边的少年，最后帮她一圈圈系好嫣红的腰带。卡毛加看到我，羞怯地朝我笑着。霎时，这缠着红腰带的藏族姑娘如同初生的彩霞，那两团腮上的红云，流过山谷，好似演绎了一个植根于民间传统文化里的时尚大片。

驶过大地的夜班列车上，硬座车厢常见一双双肮脏、廉价的破皮鞋里，衬着一双双手工刺绣的精美鞋垫，而卧铺车厢一双双尊贵体面的鞋中，却丝毫找不到那踩在脚下、淌着温度的令人牵肠挂肚的乡情。民间艺术没有什么华美外衣，艳丽矫饰，高深境界，有的只是一颗与母亲，与爱人，与家乡山川大地的朴素真心。

曾经热衷于，与好友互赠在民间传统文化之路上挖掘出的手工艺品，有时那可能是一张情意绵绵的剪纸，一张祭灶的木版年画，一块扎染的布料，一条灵动的面鱼，或是一双精巧的小绣花鞋……探访民间艺术之路上收获的一切，都让我们欣喜若狂，我们在乡间旷野的风中。一次次解读着手工艺人用灵魂创造出的生命艺术，这一份蕴涵着乡土气息的美的见证，有多少是我们现今疲于奔命的商品社会，缺失已久的丰饶、富足的理想美境。

那些年执著地一次次踏上与乡村手艺人的"再见"旅途，用一粒满口酸涩的果实，去拥抱那整棵生命树繁硕的深意。今天从头看来，无论是传统民间手工艺，还是歌舞、戏曲等传统文化，其间蕴藏的美好真意，我只是疏浅地做了相对理解，那些潦草凌乱的民间艺人访谈笔记，又有多少触摸到了他们对待传统艺术的真心？

踏上寻访民间传统文化与手工艺之路，也许并不崎岖，在路上，也未必有太多山迢水远的险阻。唯有需要一份与山川大地，与母亲的艺术相契合的坚心，来造访那些纯洁、干净、朴素的艺术之魂。在那条日渐丰盈的人生路上，相信更多对于民间艺术怀有满腔热忱的人，会为着生命河流里的乡土艺术之美，为着一份失而复得的情感，而满心欢喜的。

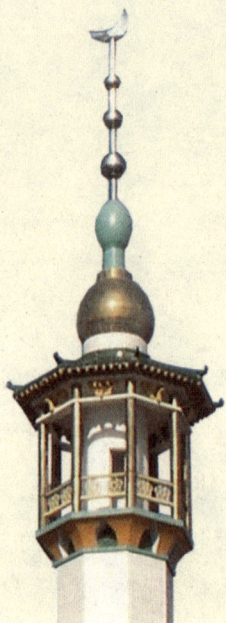

旱海的花儿把心淹了

这是中国版图中心位置上，一片焦渴干枯的黄土高原，在荒芜苦涩的土黄色旱海上，生活着像这片土地一样外表干裂枯涩，内里却坚韧紧密、戴白帽子、围艳丽纱巾的百姓。

这是一片被老天遗弃已久的大地，这是一片连续四年生成不了庄稼的旱土，这是一片在1920年经历了8.5级地震后消逝了24万人的土地，这是一片走不出去的土黄色海洋合围了的高原，这是一片看不到艳艳鲜花和娇娇绿叶的土壤，这是一片永远不会被旅游者一心向往并奉为天堂或圣地的地方。这

有歌声回荡的旱海

再见传统——西海固 乐亭 小程 同仁 马街

海原清真寺

里的干渴贫瘠与坚忍苦痛，这里的深沉与缄默，这里的《花儿与少年》唯有听从内心情感召唤的人，才会来把它寻找，这里就叫西海固。

不错，这一年我把这片单调黄土高原上，悲凉而多情的"花儿"思念得太紧了，以至于胸中不断酝酿、涌涨着某种来自于田间地头歌者的情绪。就在出发前的几周，我甚至在半夜被楼下酒吧里传出的歌声惊醒，在似醒非醒与似睡非睡间，我认定那歌声是发自某个流浪的民间艺人内心，此刻正思念他遥远故乡的田地、麦子、妻儿，而他今夜只有坐在这城市的灯火下宣泄着情感。

"花儿本是心上的话，不唱由不得自家。"

单凭这一句介绍"花儿"民歌的开场白，对于善感的人，就是致命的。

我被缺雨少水已列入了世界级贫困的西海固吸引而来，我被雄浑苍劲又有情有义的气魄诱惑而来。未到达之前，我不知道这一言不发沉默的几乎被人遗忘的土地，会孕育出多少强悍又倔强的生命？而在这黄土高原上生命与生命间，不停息地传递着藏在旱海心底的"花儿"，飘摇出的那悲凉、凄苦与不灭的希望，便是把心淹在了旱海中的"花儿"永恒的主题。

那日，是在傍晚乘着黄土高原上斜阳的影子到达的海原县城。那日，青铜峡的一百零八塔和中卫的高庙并没有挽住我匆匆的脚步。那日，无论是在与黄河并行的公路上拦车时，无论是在与一群男女老少坐在街头吃棕糕时，无论是在与我硕大的背包相伴，就着辣子、咸菜吃酿皮子时，我都会首先遇到当地人掷来最奇怪的问题。"你一锅（个）女子（女娃）？"最初我在没有听懂的情况下，总需要对方重复一遍刚才的疑问。渐渐听惯了，也就从容了，由点头说，"就一锅（个）"，然后变成了，"对，一锅（个）来听西海固的'花儿'"。

黄尘中，我和我的行囊终于稳稳地踏在了西海固这片焦渴已久的土地上。去往固原的末班车在向我频频招手。在班车穿过县城广场时，一栋崭新的大楼上写着"海原文化宣传楼"字样，我认定这里是能给我指点迷津的地方。大楼外的玻璃上

再见传统——西海固 乐亭 小程 同仁 马街

贴着征集民间刺绣、剪纸等手工艺品的广告。一楼负责图书展销的营业员告诉我，看工艺品可以去二楼，我怕将要下班关门了，便立刻风一样地上了楼，正在抬腿上抬阶的当儿，听见了身后的嘀咕声，"跟你说话的那是外国人吗？"

二楼其实并无什么民间手工艺品的实物，但随后海原文化宣传局局长的大门倒是被我鬼使神差地敲开了，局长在明白我独自来西海固的目的后，便麻利地打开电脑，给我放了几段"花儿王"的视频，其间热乎的客套话，听得我心不安起来。我仅仅是个对声音、文字、情绪敏感的人，并深信着在一次不明确方向之路上的搭乘，就会寻找到我衷情的内容，这一切是偶然中的必然，但我却绝无意惊动官员带领我找寻，这必然中的偶然，我一直没学会习惯。

我就这样沿着在文化馆、在小旅馆、在清真寺、在水果摊，得来的有关那些极具魅力的歌声线索，被那些平日里让情感深藏不露，只在节日里唱"花儿"时绽放心绪的伊斯兰信徒，请进瓦房的沙发或是泥屋的土炕。

"花儿本是心上的话，花儿本是心上的话。"去往高台的路上，我不住叨叨着这句精妙的"花儿"语言。同行的几位爱好"花儿"的县上能人，定要作陪带我去拜访自己熟识的田间歌者。那时天色瓦蓝，大地沉静，正午时分的太阳才刚偏西挪了一个羊过山冈的时辰。

宽敞洁净的院门后，露出的是一张妇人慈祥的脸，一双温暖的手迎上来拉近了与异教徒间的距离，一对如水般盈盈的笑眼，仿佛道着那祖辈传下的"来客有喜"的箴言。进屋了，妇人请大家坐在舒适贵气的沙发上，自己却钻进了那块属于女人密室的灶房。不一会儿，满盘的西瓜、牛头肉、馍馍，以及老妇人换上的一身庄重衣服出现在了我面前。老妇人又握着我的手，反复说着。一切如此隆重，我的不安和拘束便又浮了上来。老妇人墨绿色的纱巾下，是宛若菊般紧密、多层、热烈的笑，并不时发出催我"吃、吃"的声音，但这脸上眼角和嘴角处沉默的褶皱，分明是在向来人倾道着，山川沟壑中女性的隐忍与所信奉教义的严苛。

提起西海固的"花儿"，老妇人只是嗤嗤地笑，不多言也不开腔儿。

"花儿本是心上的话。"不必过多解释，这是黄土高原的

花儿的歌声穿透了旱海田野

再见传统——西海固 乐亭 小程 同仁 马街

人们站在高山上望着山下平川里的牡丹情思绵绵时，热爱唱的酸曲子。老妇人在思量着并再三犹豫着，她用手捂住自己整张脸发出的笑声，她故意站在沙发后用那宽大厚实的靠背来挡住自己的半个身子，她低着头让自己苍白的脸被纱巾遮去了大半。

后来老妇人与我们隔了段距离坐到了沙发后的床沿边，解释说，"我是信教的，唱这个要上了电视，让孙儿听到不像话的。你喜欢听，我就给你唱，录音、录像可不能。"我说，"好，不录不录，只要能静静听您唱就好。"

西宁的苹果碗大大

被风吹着落不下……

一对牡丹大门上站

惹坏了过路的少年……

就在我还没来得及正襟坐好，投入到聆听状态时，老妇人没有任何开场白，收起笑容，垂着眼皮子，就唱开了。仅仅就这两首小曲子，单凭这抑扬顿挫的调子，还有这素朴的心上话，立刻就把人听呆了。我在没调整好遥远幻听与现实倾听间的距离，"花儿"就带着黄土高原特有的色彩和气味，不由分说地周身向我扑来。

被一种情浓到掷地有声的音质打动，就由此刻开始。

汗衫子溢了溢穿着

鞋子漏了麻绳穿着

肚子饿了想馍馍

面片子绸绸的浇上

胳臂臂让头枕上

巧嘴嘴挨到脸上

老妇人脸上再度现出灿灿的笑容，这便算是每个小曲子的结束语，也就是这笑容的再次浮现，才把我从沉迷中唤醒。我被迷住了，被这片旱海涌动的情感迷住了，迷得哑口无言，迷得结结实实。

老妇人句句歌词的背后，或是老妇人本身仿佛就娓娓道出了一串串的故事。老妇人天生的清亮嗓子，却从未在外抛头露面，去参加过什么"花儿"大赛。积累得多了，唱出的也就成了哀怨与怅惘。老妇人一脸歉意地说，她只会唱些小曲子，也就是结婚时唱的，铺床时唱的，在灶台旁烧火揪面片时唱的。

月亮上来

亮来了

你也该来了

鸡叫三遍的时候

你也该走了

白毛巾包冰糖

放在枕头上

吃不吃

你自己思量

老妇人慢慢敞开了一切心结，神态依旧低眉垂眼，可那一首接一首热乎乎、辣丝丝的撩人情歌，便像花儿一样不断从面前这位老妇人口中溢出芬芳和色彩。我来不及记下更多的我听懂的或听不懂的歌词，只是努力用眼睛去刻画住这老妇人吟唱时的表情，只是拼命用耳朵去牢记住这老妇人唱尾音时的节奏，只是不断用手中的笔在本子上七扭八拐地写下打动我心的歌词。我在田间求学，甚至比在学府中求学来得更严肃，更认真，聚精会神调动起所有感官，去发现，去寻找。发自内心的

她，将心上的话唱给我听

对于一件事，从纳闷儿，到收集资料，到琢磨，再到深入，我生活中用这样的态度去对待一件事的时候似乎越来越少了。

老妇人仍然是唱完一曲后，又恢复了她本真的笑容，但就是这灿灿的笑容背后，不知掩埋了多少富有悬念的故事？

羊肉馅的包子是真包子

韭菜馅的包子是假包子

自己的老婆是真的

别人的老婆是假的

这曲唱罢后，老妇人淡淡地笑着看了看大家。"花儿"就是用这山中随处可见的寻常物件，信手拈来组成了黄土高原上人们抒解情感的支支小溪小渠，即便这小溪小渠在某一刻或许在地下走了一程不长不短酸涩的暗涌之路，但时间，但一切，照旧像那阿妹与孽障阿哥不老的情感一样，慢慢又静静地淌着。流着的，忆着的，念着的，是那眼泪的花儿把心淹了。

一口难叙悲欢影儿

❝是找刘佳文啊？堆着草垛这门口就是。走，我带你进去，别被狗咬着。"下车后，就这样跟在一位没牙老爷子身后，走进了乐亭皮影雕刻艺人刘佳文老先生的家。

吱呀一声，院门开了。大黄狗、草垛、农具、酱缸，还有枣树下站着的面膛质朴的老夫妇。这是很河北的乡下味道，吹过大片大片玉米地的风，把村子滋养出的是自然浓郁的青青。"上屋里坐。"眉眼清秀、笑容淳厚的刘佳文夫妇招呼着我。倚着炕沿儿坐下，发现炕头上正摆了张不知刻进了多少

讲解皮影的刘老先生

精美的皮影

长长短短、沟沟坎坎、奇思与心事的老蜡板，若不是这蜡板首当其冲占领了显著位置，看上去皮影艺人的家与普通庄户人家其实并无二般。

刘老先生今年六十多了，身体硬朗，手指关节粗大，思维敏捷，声音洪亮。这位从小就喜欢画画、剪纸、刻影的乐亭皮影雕刻文化传承人，往后这一辈子终是未曾离开过他最爱的影

制作皮影的工具

人半步。没有太多矜持的客套，刘老先生便将谈话直切入了主题。说吧，你是想让我讲讲"老呔影儿"的门道，还是想看看影子？老先生不会拐弯抹角，一切来得直白坦然。你过来先看看乐亭的位置，这里临着滦河的入海口，自古就是物产丰饶的鱼米之乡，乐亭皮影作为咱这里土生土长的精神文化生活，后来还随着不少生意人由海上和陆路，发展到了辽宁、哈尔滨、黑龙江，现在东三省那边的影人样子跟乐亭的差别不大，就是演的时候是用那边的话腔唱的。刘老先生戴着花镜，起身指着老屋墙上的地图说着。这是不动声色的骄傲自豪，把种子播撒向广大农村的乐亭皮影艺人，有着很少会有人理解的财富感。

　　对于乐亭皮影的了解，在我到来之前脑中仅大致勾勒出

了这样的形象。东北一带人把乐亭地区的话叫做"呔儿话"，
而这里的影人也自然就叫成了"老呔影儿"。那道"白亮子"
后的嬉笑怒骂影人，应该是在民间节令、喜庆、还愿、剪纸等
习俗之上逐渐形成发展的。走马灯似的生、旦、净、末、丑唱
着乡音浓浓但却千古不变的劝解为善。这与现实拉开的巨大差
距，是庄稼人白日筋骨疲惫后夜晚的精神按摩。

　　戏中一个表情的影人它到底哪儿来的那么大魅力，能叫人
屁股钉在板凳上直勾勾地在挑灯的幕前看上一宿不阖眼呢？若

皮影模

是将能歌善舞的李夫人复又现影，那么悲愁枯坐的汉武帝会以为从小窗口射出一束银光的大屏幕是幻术，还是仍旧以为夜间张幕置灯的傀儡影人是幻术呢？曾经牢牢扎根农村的影戏，如今却是一年巴望到头儿也再盼不来剧团下乡一次的演出，又是为了哪般呢？刘老先生坐下来，不紧不慢地为我一一梳理。传说皮影的最早起源与汉武帝思念早亡的李夫人有关，那会儿人搭个台子，拉个幕布，制个影子，恍惚朦胧地就给汉武帝造了个李

夫人的幻术，这是皮影的渊源，而皮影又是电影的老祖宗。老祖宗的东西不能丢，咱们这乐亭皮影剧团，在成立后的二十世纪五十年代和八十年代曾经有过两次辉煌，促进建立外交关系啦，出国文艺汇演啦，那会儿皮影真是神奇、魔幻的代名词，中国外国，大人孩子没有不爱看的。天地间悲欢离合、爱恨情仇的千古事，全能在那块"亮子"前演出人物的魂儿和气来。可现在台上会唱会蹦的，能说会道的，可就不只这一出戏那么简单了。

是啊，也许只有真爱这影子的人，才能真切感受到双手舞动叙千古时的悲欢。可如今这张简单到只有三种主色调的驴皮影儿，无论它再有多少吐水、喷火、翻筋斗的绝活儿，以及多少诙谐幽默让人乐不可支的台词招数，说到底它确是与今日这充斥了太多新物件的时代隔开了条深深的沟壑。而"旅游搭台，经济唱戏"的法儿，更是没能力拉一把快要被尘埋网封的皮影剧，其实将要或已经掩埋于岁月里的民间老物件，又何止这驴皮影儿一种呢？被请进博物馆、美术馆中的众多聋子耳朵似的虚摆设，让这条干涸枯瘦的陈列沟失掉了生命美的延续，最后在一种怀着对民间艺术接近与聆听的渴望中，彻底丧失在被一代代乡土大师孕育的素朴至美的怀念里。接着就是遗忘。

刘老先生沉默片刻，从桌角拿出了一摞工工整整的厚报纸，把夹在其中的影子递给我看。展开的先是他闺女刻的许仙、白蛇、青蛇影子，整体感觉疏密结合，精美细致，神态柔婉，色彩明丽。接下来是关公、张飞等大型皮影亮相，这组造型舒展明朗，气韵厚朴，色泽浓烈，气度沉稳。与之前在乐亭皮影剧团看到的道具皮影相比，亲眼所见姿态如此夸张饱满的皮影还是让人觉得惊鸿。不由得欣喜拿在手里，对着亮堂堂的窗子翻来覆去摆弄着，赞叹着。刘老先生在炕上铺着白纸，然后给皮影摆着姿势，乐呵呵地笑着。扭头一看，正坐在屋帘后的他老伴儿，也正乐得合不拢嘴。我想那些影子里不仅刻有艺术的色彩与梦幻，刻有世事的悲欢与炎凉，刻进其中更有来自生活的点滴与情感的累积。刘老先生指着他刻的门神皮影说，要想懂皮影就得了解人间的帝王将相，上界的神佛仙道，下界的妖魔鬼怪。只有把人间、上界、下界的事搞懂了，再观察身边的工农商学兵以及花鸟鱼虫等，从中汲取精华，把它们融合后才会刻出好影子。

后来吃饭时，他老伴儿主动跟我提起她自己这几年身体不好，老头子刻皮影的钱不少都给她买药吃了。这话说完，老两口默契一笑。接着他老伴儿在我的粘黍米饭中加了很多糖，然后给刘老先生的粘黍米饭上也加了很多糖。末了还愧疚地补了句，王美烧鸡在我们庄子上不是天天有的卖。

回来后，以小小的照片和薄薄的杂志寄去作为感谢。不久前接到刘老先生的电话，说是东西收到了，挂电话前还说我们老两口都想交你这个忘年交呢。道了保重后，一查竟显示有四个未接来电都是从这位皮影老艺人处打来的。翻出刘佳文老先生的名片，上面印着：中华小人物，影界小雕虫。河北土老冒，乐亭一村翁。他送我的太子头茬也静静躺在一旁，眉眼一个圈，嘴角一个勾，造型简洁流畅。

小程，手指上有乾坤

陕北，作为地理名词出现的陕北，未免稍带了些许干枯与生硬。陕北，也许，它本就是表述色彩的词汇，黄土地里生，黄土地里长，熟透的枣红色，其实，最是她浓丽的色调。

延川十二月里，早已迈入了缩手缩脚的单调季节。一路，沟沟坎坎，曲曲折折。冰冻的河水不再欢快叮咚，落雪的山峦依旧洒脱倜傥。没入雪中的山弯弯，静悄悄地不动声色，默默用他温暖的大手，把高高矮矮的枣子树和冻得瑟瑟的你捧在心尖儿。雪中的黄土高原，掩不住他粗硬的线条，四处是

抽象与具象

再见传统——西海固 乐亭 小程 同仁 马街

民间的布中艺术

山岗执拗的影子，好在那流经身边的黄河水包容着山的性子。大地亮着脊背，一起一伏，虽粗粝坚硬，却是宽厚可靠。这是一片再沉实不过的黄土地，是一个可以相守一世的安稳家园。

成团成团的逼人寒气，在土岗上跌跌撞撞，与从土黄色背景中跳脱出的各式门帘，惊艳相遇。十二种生肖，十二个寄寓。两支莲荷，一瓣香心。传统，在这一瞬，将硬朗变为柔

窑洞，剪花娘子的生命

　　煦，将素淡染成浓烈，将挽留的艺术化作再见的传统。到底是黄土高原风物了，一种与山相对的执拗之情，越发深了。世界上有一种人，深信承诺，渴望长久。有人用眼神泄露，有人用饭菜表达，有人以默契传递，还有人用剪子种出渴望，那是指尖上开着花朵的陕北女人。

　　种下枣子树的老汉，剪着乾坤湾的婆姨，以祖辈的素朴传

统，默默担当着，给予着，渴望着的小程村，这个世世代代枕在粗犷又静美的黄河臂弯里的村庄，到了。一条山路，一湾大河，几片枣子树。除此，小程村的三十来户窑洞人家，成日里守着的再就是这无尽的山和无穷的天。进村是午饭时间，没有人语，也未闻得犬吠，村子好像已提前进入了午休状态，唯有路旁几只公鸡母鸡在咕咕地踱步，像阳光一样闲散。

在窑洞住下，未得吃饭，就开始在村中兜兜转转。那日，窑洞很静，天也幽蓝。几对半新不旧的窗花，挂在土窑，镂空光阴，刻下岁月，道出心意。这里不是生命树、抓髻娃娃的故乡，这里没有祁秀梅、彭粉女的传奇，一把快剪，一方红纸，巧手慧心，铰下的花花，却是激荡在整个大西北黄体高原之上，繁衍生命和美，孕育天地相通的最绚烂的祈愿。那是剪花娘子滋补肌体的佳品，是剪花娘子超越精神的胸中乾坤。

一悲一喜，一哀一乐，生活的滋味，艺术的灵性，只有尝过它的人，方知浓淡。吱呀一声，胡玉梅风尘仆仆推开了家里的木门，怒气未全散去的她，见来人等在炕上要见识她的宝贝剪纸，欢喜自然渐渐爬上了眉梢。她说今天她走了很多山路，寻有孕的儿媳，儿媳不愿待在这里，嫌俺们条件不好，早上跑了，回娘家了。话没说完，就开始洗手抹脸，烧柴做饭，摊开剪纸，拿出剪刀，她样样做得纹丝不乱。五十多岁的胡玉梅，微笑着，忙碌着。炕上有体谅她的老汉和公公，炕沿有爱抚、赞美她剪纸的外乡人。一盏昏灯下，皱纹，此时成就了她脸上最光彩的印迹。

如果说做饭、洗衣、衲鞋，是身为女人的本分，那么，唱曲儿、铰花花，就是胡玉梅职务之外天马行空的畅游了。她给我看县上大老板订的年货作品，让我看给老汉糊的鞋底，叫我看乾坤湾里的船儿和老窑，她给我讲他们赤裸的爱和热烈的情，也给我讲去年上家来的黄头发和黑皮肤人的故事。说起这些，她一双眼睛美得迷人，仿佛照得见童年的稚拙和少女的纯真。

摆开花馍、贴上窗花的喜洋洋土窑，吹起唢呐、铺满红枣的热闹闹院子，抿了嘴，低了头，喜鹊衔枝来，炕头把手拉，鱼钻莲，树坐果，花开满怀，抱了小儿，欢欢喜喜把家还。我爱她剪刀舞动下，饱满丰盈的构图，爱她油灯熏黄画样里，大胆奔放的情愫。胡玉梅她老汉，靠在炕上，抽着纸烟，看了眼这口四壁贴满红彤彤剪纸的土窑，忍不住对我说，她当年也是这样的大辫子。

纸上乾坤

与神灵相望的艺术

出临夏，走甘南，驶过草原，横过黄河，就是那赭石色群山围绕的同仁，一片与神相望的金色谷地到了。天空明朗，麦浪翻滚，这是青海最好的季节。车过吾屯下寺，隆务河在右，日头正高，白晃晃地铺在经筒、白塔和法轮上，这清澈而纯静的世界啊。于是停下，停在那浓墨重彩的热贡传奇里。

村庄上极静，有风掀开门帘，热贡艺人平静而专注，没有言语，也听不到呼吸，唯有笔在画布上描绘出膜拜与敬仰的唰唰之声。前生的故事，来世的天界，眉间的淡然，手心的莲花。时光流转，画师用最美最直接的语言与

虔诚绘佛

同仁，可与佛对话

佛对话，日子久了，手眼处的精妙已谙熟，由心而发的光芒，好像是隆务河水，荡着细碎的影，日夜流淌。画佛的有青海民院的老师、学生，有活泼好动的小娃娃，有怀揣了一颗与佛亲近的心由远方漂泊而来的异乡游子，有倍受尊敬的热贡艺术大师，也有为了谋生画速成唐卡的匠人。蓝天下，艺术、信仰、生命，在佛的容颜下整合成一体。也许，就是这一刻的沉浸，佛住在心间，那色彩已是涂抹过千年。

牵着一个藏族小女孩的手走进寺中，她说爸爸在这里画画。头顶白鸽掠过袅袅香烟，大殿未开，只有太阳菊站在风中

来自西安的学画男孩儿

　　一颤一颤。一扇半掩的木门，小手一推，远隔凡尘的世界开启了，里面正在描述的是高原的四季，那是唐卡独有的色彩，浓烈，还是浓烈。圣洁的光在树隙间流动、晕染，一束束打在佛的衣纹上、法宝上、莲台上，嘴角微拢，仿佛正要与众生开慧一部经典。

　　屋里一个红衣小喇嘛，盘坐画布前，显然还未出师，眼里闪着透明的光，手中的画笔正一刻不停地描绘着心中的图画。沐浴、诵经、发愿，不知疲倦的画笔陪伴他走过潜心学习的阶段，绘制的虔诚送他进入了蜜海般的岁月。闲谈间，他淡淡说，师傅一个夏天只画了一幅画。将要转出寺院时，又遇见他跑在风中，红衣飘然而过，庄严的背后掩下的是热贡艺术旷世的精美。

黄色绸缎包裹的卷轴唐卡，从刷布到打底稿，再到上色、描金，最后装裱，不知要经过多少作画前全心全意的沐浴诵经，供佛发愿的恭敬虔诚，才绘得出那不朽的传世之作。岁月自是无情，只是那唐卡在历史尘烟中，更能显出历久弥新的色泽。同仁，是一片终日被经文和色彩围绕的灵性热土。热贡的艺术代代相传，从未停歇过，寺庙内学画的小阿卡，寺庙外家家在日复一日的绘画与雕刻的美中度过，佛陀、菩萨、护法神、佛经故事，是热贡人终生要传达的内容。

　　热贡艺术博物馆后，一栋破旧小楼里有踩缝纫机的声音，那是正在装裱唐卡与佛结了缘的江南人，简陋灰暗的楼道被极浓艳的色彩所占据，饭菜的香气也掩不住处处生活中的艺术。推开一间画室门，画画的人仿佛虔诚地把自己也绘进了佛经故事中，一遍遍用心勾勒着袈裟、衣裙，一遍遍用心体会着佛手传递的佛法。在那画布背后，老一辈艺人溘然长逝，新一代艺人悄然诞生。

　　"你看我的创意怎么样？"一个学画的男孩子问。

　　"我看不错，有油画感觉。"

　　"我从西安过来几个月了，这是我师傅，在青海民院当老师留校几年了。"说着他指指身后默默画画的长头发男孩儿。

　　我们的闲谈就是这样开始的。两个揣着梦想的男孩子，在这滋养热贡艺术的大地上开始了长久的行旅。一边聊天，一边看他们画画，我眼前仿佛也描绘出了高原四季的轮廓，只是他们探求艺术之路的坎坷，远比我的旅程要艰辛百倍。简单的陈设，简单的饭食，简单的床垫，地上的画板，悬挂的唐卡，还有堆积的颜料、画笔，我想他们的梦是色彩的天堂，他们是与佛有缘的，从呱呱坠地起就在精致的优美中玩耍，在成长中又不断轮回着佛理的真谛，沿传着艺术的精髓，一世一世漫布在

与神灵相望的热贡艺术

青海的高原上。

　　离开时，望着他们静静的画室，我竟升起一丝莫名的妒意。也许是那个西安男孩子每天都能听到一个佛经故事，也许是那个长发男孩儿是夏吾才让大师的孙子，也许是那奔放的色彩与佛学的造诣，常驻每位热贡艺人心间，而这沉浸时与神灵的相望，竟已走过几世。

马街，草根曲艺「嘉年华」

正月里的河南，已有了大片大片的新绿。宝丰站，普通而清冷。昨夜，雨划下的墨迹还未完全从大地上消散。天依然阴沉，车站外稀稀落落的三轮小蹦蹦车主看上去并不比老天的脸色好看多少。走过那些小车身边，司机大都像晨时的大地一样沉默。马街，马街，马街，本以为正月十三最热闹的书会日子会是这样的招揽场景，而这里却以一种惯常的稳重姿态等待着去十里八乡生意的出现。

"鼓子声声走雷喧，琴声悠悠流细涓，大调坠子传神韵，唱醉听客马街前。"拥有近七百年历史的马街书会，从毫不张扬的火车站前似乎便能感觉

曲艺在这里生根发芽

出一二。这会是乡亲们的自己的会,这会是陆陆续续塞进了几万人、十几万人以"书"会友的盛会,"亮书台"上自拉自唱的艺人,还有台下痴醉的听客,仿佛全是大书小段中最酣畅的那场戏梦。而站在他们中间,举着傻大黑粗铁家伙"咔嚓"个不停的人,不过只是"我们自己的会"上看热闹的外人。

小蹦蹦车的车主,一路总想扭过头来跟我说些什么。无奈他的小车噪音太大,又隔了层极朦胧的玻璃,他只好在冷风里推了推他鼻梁上的挡风墨镜。末了,他一字一顿地说,"这—就—是—马—街—了。"水泄不通的路,熙攘的人群,成排的警车,大红的条幅,五彩的气球,喧腾的锣鼓,一口口冒着糊辣汤香气的大锅,被放大到整个麦地里的河南坠子,这里的一切都可以成为点燃情绪的理由。而情绪的传染,有时来得比什么都快。

一排一排的人潮涌向了马街村,豫人的脸上写满了乡野的憨直和热烈,旷野里翻滚的皆是喜滋滋的绿色麦浪。我夹在浪花中间尽力跟着那节奏,恍惚猜测着大浪的高潮应该就在前面并不遥远的绿野中。

旷野中的棚户近了,一棚棚的清真羊头肉、胡辣汤、年糕饭、煎饼卷,全陷在了昨夜的泥泞中,吃客很寥落。倒是最大的亮书台前,早已有人抢占了最好的地理位置,为的就是一年就这么一次在近处听自己喜欢的艺人打简板演河南坠子。艺人们一大清早,纷纷挎着喇叭,抬着桌椅,拎着三弦、简版,匆匆在旷野的清冷中赶场的景儿,我是没有看到。倒是不少从许昌来的曲艺团,已然在支好的桌椅板凳前,拉开架式,唱开了朴拙的河南坠子。

没有华丽的演出服,没有脂粉的修饰,没有夸张的表情、动作。很难想象这一个个穿着平素的衣服,手拿简板,站在三

大地上的游吟者

马街书会上的飨宴

　　轮货车上的田野艺人，竟能把人世之情，凭一张口便道出了它的悲欢，它的苍凉，它的厚道。我挤到前排，学着听客的姿态，蹲下来，仰着头，眯着眼，半张着嘴，听那天下的变迁，人间的悲喜。古与今，兴与亡，豫人就在这深一脚浅一脚的泥地里道着中原人性情中的摇曳多姿。有时我总想知道这些能一口气说上几天的艺人，他们晚上阖上眼睛后都会做怎么样的梦？白日的他们除了吃饭、上厕所外，把一切全投入给了交错的时光。有些书棚前人影零星，喝彩全无，搬着小凳坐在中间的盲艺人依旧是脚踩着绑子，手拉坠琴，忘情在自己的戏梦人生里。他看不见周围有几个准备把他请去家里"写书"的人，一次能"写"多少钱仿佛也不是他所关心，唯有千年的浮云，旧曲的万事，才是他草莽艺人的初衷和本真。

书会是围绕马街村的火神庙搭台子的，庙子的香火很是旺盛，纸钱灰也常会飞进烧香人的眼睛里。有个负责的道士和风细雨地问我，从哪里来？是坐飞机来的吗？我鞋底的泥泞很沉重，想方设法跳过泥泞，找寻块麦子覆盖的泥泞。雨后的麦地像块没有和好的面，粘性很大。庙前的几个说书老艺人，胸前统统别着马街书会社的字样，老艺人不紧不慢地从包袱皮里掏出自家的行头，点上一支烟，调调琴弦，绑好脚上的梆子，相互递个眼神，《包公案》就开始了。我还是以先前的姿势听了好一会儿，但浓重的方言好像鸟儿的叫声，我总是没办法一下子把这些辨别清楚。老艺人叼着烟，拉着坠琴，看着眼前排成串的烧香人，末了也没忘用余光扫了下我。

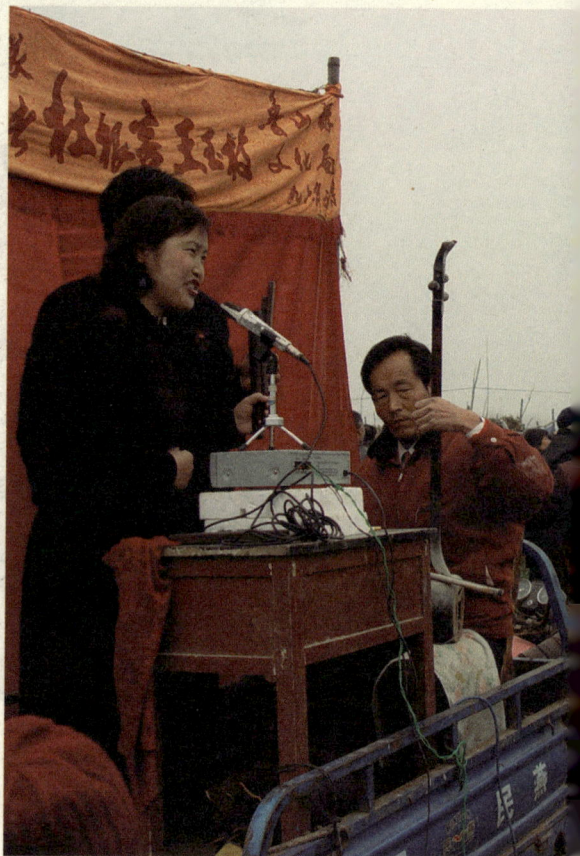

雨下得朦朦胧胧，"大亮书台"台上台下仍旧兴致高涨。三轮货车上一个脚丫的位置还不断有人继续挤上去"站高远眺"，今年的"书状元"一时还没有出炉，雨却猛地下大了起来。书会上的三轮货车、自行车仍是没有收拾家伙的意思，我只有撑开伞先踏上了河边的田埂。一路上走在我边上的老爷子嘟囔着，"来一次少一次，今年八十三，再能来三次就足了。"由田埂转向公路后，老爷子和他那把黑伞就混在人群里找不到了，知道的只有老爷子从郏县赶来。

大地上的游吟者

唱不完的河南坠子

再见传统——西海固 乐亭 小程 同仁 马街

【荒芜山岗】

五◇

川西　内蒙　五指山

秋天深了，在川西大地上集合、
流浪内蒙，只身打马过草原、
我爱五指山

192　182　166

五

荒草萋萋，残垣断壁，老树昏鸦。儿时记忆中的圆明园，永远泛着老照片的发黄底色，它最不缺少的就是一份荒芜。那大片大片的芦苇荡和松树林，是水鸭子、螳螂、蚂蚱、松鼠、刺猬们天堂般的安乐窝。

晚秋时节，日薄西山。小小少年，攀上大水法上的一块残石，上蹿下跳，玩得正欢。那正是无忧无虑、乐陶陶的年龄。一会儿累了，坐在那残石上静静休憩，风中一串雁鸣，整齐如行掠过天空。不知为何，忽而那颗小小童心上竟轻轻划过一丝烦恼，怎奈那悲凉之情在空中飘飘落落，引得一种思念，那远在异国他乡的母亲。将要爆发的烦恼，占据了这小小的身体，那荒芜中的几多善感，也许竟是由年少时的累积而来。

多年后，一个寒气逼人的隆冬季节。独自一人站在黄土高岗上，望向晋陕峡谷夹持住的一条白色巨龙，缓缓在眼前拐了一个优美的弧线，无可奈何向东流去，一颗心被彻底的荒芜击倒了。冬日里，黄河上的浮冰，有如巨龙的鳞甲，随着河道冲击着河岸。两岸深切的峡谷，牢牢把这条巨龙嵌在山间，动弹不得，咆哮不得，唯有静待山岗间的命运安排。那一片高高隆起的灰黄色峡谷，连绵起伏数百公里，与一条大河日夜相伴，与之相伴的还有峡谷两岸的土窑人家，这一世的守望已是千年。

大河，深谷，青天，天地间的荒芜自不必多说，好像一颗干瘪的枣子空落落地挂在枝头。有些土窑早已被弃，人们举家搬去了城里。有些，却并未因大地的荒芜，而荒凉了土窑里的人心。窑洞里的剪花娘子，拉二胡的汉子，渍酸菜的老婆婆，他们用各自的生命演绎着人间的至美篇章。在陕北，与沿河而居乡亲的几日相处，启程再走过那些无尽的苍茫山岗。胸中满满的情感，如同行囊中塞入的梨子、地瓜、枣子般，回味起来都是充沛的甘甜滋味。

荒芜山岗——川西 内蒙 五指山

秋天深了，在川西大地上集合

多年前，腰伤未愈，年纪轻轻，由着性子，连续两年走了几趟川藏北线，却从未把天路走通，直抵雪域圣城。只是就那么顺其自然地走走停停，闲闲地晃荡在一片深秋的大地之上。有舒服的茶馆就去坐坐喝碗酥油茶，有喜欢的藏族小伙儿就在他身旁听听藏歌，有搭车过雪山的机会就冒险去试试，有雪山草甸湖泊的地方就停下来望望，有卖牦牛肉蔬菜水果的菜市场就进去逛逛。秋天深了，我是那个秋季里来自异乡的过客，把尚未得到的留给了孤独，把已丧失的献给了荒凉。

大地的杰作

167

荒芜山岗——川西 内蒙 五指山

川藏路上开货车的藏族小伙儿

　　来了那么多次，挑战独行藏区异乡那伸手不见五指的漆黑凌晨，到底还是让人少了几分勇气与胆量。与旅伴说了告别和保重的话，就独个借着一束手电光的方向，把自己沉往那睡得正深的县城车站去了。白日里地上晒了各种药材的车站，此刻只有疯狂的犬吠，黑暗几乎将人吞噬。猛然发现车站附近，有小团火光在忽明忽暗地跳着，开始吓了一跳，后来得知那是个

大地上的游吟者

四处皆能有活计可做的四川绵阳人，他边不紧不慢抽着烟，边坚持说着要我也别相信这个民族的人。也许是在生意场上吃了大亏，也许是平原人的血液，天生就与那高原人的豪迈爽直性子难以相融。

雪亮的车灯划破了凌晨的寂静，比灯光更明亮、更澄澈的是藏人的眸子。发往甘孜的班车，半路载了十好几个昌都人上来，搬铁管的，运麻袋的，大包小包的行李和人，不一会儿就挤得全车满满当当。最终坐在我身旁的是个白净清爽的藏族小伙儿，路上我请他吃核桃仁，他很高兴。后座上的昌都小伙儿一路唱着好听的藏歌，如同雪山吹来的风，天地宽广任我豪情，高音时好似哈达般圣洁，低音时宛若弦子般深情。那声音笼着薄雾起起伏伏在刚苏醒的川西大地上，就在那一瞬，竟让人找到了穿行这片沃土的理由。而我身旁的小伙子看起来明显羞涩，他只是跟着那节奏偶尔哼唱上那么一两句，我想让他将藏歌的歌词解释给我这个异乡人听听，我眼望窗外的山河大地，期待着有一首用汉文描绘的藏地山川诗歌的出现。小伙子红着脸笑笑，尴尬地摇摇头。如果可以，如果他能读懂汉语，如果有谁愿意将它翻译成藏语，我想在川西大地上把海子的诗，读给身旁的那个藏族小伙儿。

秋天深了，神的家中鹰在集合

神的故乡鹰在言语

秋天深了，王在写诗

在这个世界上秋天深了

该得到的尚未得到

该丧失的早已丧失。

长途车在炉霍中转休息时，随意走进了一家路边藏式茶馆。掀开藏八宝门帘儿，酥油味道强烈而浓重地扑满全身，里

寂寞的路上，喝壶酥油茶吧

面有三两藏人在坐着静静喝茶，苍蝇们为着那油腻滋味而欢快舞蹈。一路四处寻找，为的不就是街上其他川菜馆所没有的浓烈味道吗？为的不就是那最本真的藏地气味吗？而此时，的的确确是非常需要，一壶酥油茶把人滋润。于是直奔主题，问镶金牙的老板娘要了壶酥油茶，很快桌上多了一把铜壶，和一个画满吉祥八宝的茶碗。面朝窗子坐下来，咕咚咕咚一碗接一碗地灌下肚，之后称赞老板娘的酥油茶打得好喝。

　　茶馆炉子上放了一大壶冒了白烟的开水，摩托车在茶馆外卷起长长的尘埃。眼前的铜壶里静静浮动着酥油茶的香气，就这样边望着街景，边为自己不断添满茶碗中的酥油茶，喝着喝着，这神奇的液体竟是，自然而然地将嘴唇和肠胃都舒展开了。一壶饮尽，接着上路。

　　进入甘孜，雪山漫过了一个又一个山头、草甸、湖泊、太阳雨、彩虹，川藏路上这美得太过神奇的地方，在地图上的

让我来摘一朵甘孜的彩云吧

名字是更知乡。它有着令人惊目结舌的美，震撼得叫人不可思议。那瞬间洒满窗外的高原之光，让血液沸腾，让毛孔战栗，让言语无力。我爱那宽广高远，我爱那闪亮明丽，更爱那变幻莫测与难以预知的天路。因为，有魔力的高原也是这样爱着我的，她疼爱我这个异乡的过客，于是把卡莎湖最美的一面，盛开在我的眼前。

　　冲出金色夕阳的破旧班车，把我带往了那个有蓝蓝河水和金黄落叶的地方。熟悉又遥远的甘孜近了，而那个有牧人驰骋、牛羊点点的草原却远了。甘孜，那叫人有种莫名幸福和感动的地方近了，而长途车上昌都人递来的牛肉、麻花和饮料，与他们的笑脸却一同远了。车轮载着我走向了遥远，直到近得我能看清它时，接着却又是遥远。

　　那年秋天已深的川藏北线，霜降节气来得非常准时，几乎是在一夜之间，寒风就将川西大地上惊艳的落黄吹撒得银白一

荒芜山岗——川西 内蒙 五指山

新路海，蓝得醉人

片。从昨夜一直飘到今晨的雪，让甘孜圣洁的更加圣洁，庄重
的更加庄重，纯真的更为纯真，俊朗的更为俊朗，随性的也更
为随性。

　　昨日傍晚，夕阳照得甘孜满城金色，站在山顶，望到眼前
是甘孜人家屋顶凡尘的炊烟，远处是秋叶在山河大地间精灵般
的舞蹈，更远处是霞光伴了红云，在寺院、白塔、雪山、大桥

间，一路的流浪，一路的游吟。下山的路，余晖已逝，寒意袭来，哼着小调儿，回想甘孜竟把那最壮美的瞬间留给了我，这个异乡的旅人，竟是独自收获了高原馈赠的一份如此珍贵的礼物，不禁暗暗得意。

走着走着，路边一个端着饭碗的藏族小姑娘，用那天真的笑颜把我引到她的杂货店中，店里生着火，很暖。一盏悬挂的昏灯，隐约照得出墙上马鞍、马掌、铜铃、皮鞭的影子，我询问那眼睛好像会说话的小姑娘这些物品的价格，她用甜美的普通话回答了我的问题。很想单独在那灯下抚着她的头，跟她再说几句家常话，很想知道她无忧童年里的那些欢乐，无奈小姑娘的母亲从里间走出，把她叫来身旁，无奈杂货店外，犬吠了，天暗了。最后思来想去，目光锁定在几条手工编织的藏式

大雪纷飞，行过雀儿山

大地上的游吟者

甘孜圣境

175

荒芜山岗————川西 内蒙 五指山

羊毛腰带上，简洁的编织，单纯的用色，质朴的款式，一眼望去，仿佛是脚下这片深沉的大地。

　　一早掀开窗帘，大地已苏醒。甘孜，比起昨日，山川只是减了些许缤纷色彩，披上的皑皑白雪，却又凭添了几分沉稳内敛。甘孜啊，今日你是我心中高原上的最美之城。没理由，也没时间再赖床了，匆匆爬出被窝，整理行囊，用帽子、围巾、手套将自己裹严，飞快出门。才踏出宾馆，一阵莹亮的雪花伴着狂风，就不由分说地泻进脖子里，挂在睫毛上，洒在发丝间。这是深秋高原上一场不小的雪，隔着早点铺笼屉上腾起的热气，仿佛听见马路对面有人在喊，"马—尼，马—尼。"是一个镶金牙的藏族司机，正站在雪中招呼着乘客，我问这会儿还有直接到德格的班车吗？得到的是否定的回答，但可以先坐他的这趟车，到马尼干戈再说。于是便上了那辆飘雪且渗水的车，捡了个还算干爽的座位用大包先行占领，之后又上来了几个来高原讨生活的四川人，一个来这边找朋友的广东人，两个穿藏袍抱着大方砖录音机听歌儿的姑娘，一对用烧饼充当早点的异国旅伴。

　　不一会儿，车上陆陆续续凑齐了人，藏族司机欢快地跳上车，拍着喇叭嘀嘀地驶离了心中那最美的高原之城，驶离了川味小馆中遇见的俊朗而沉静的藏族男子，驶离了请求我再给甘孜，也给他自己再多留些时间的宾馆保安扎西。就这样那辆没装防滑链的班车，慢悠悠地在雪后甘孜，如同将老的牦牛一般，上气不接下气地开往马尼干戈了。再后来车窗外晶莹剔透的雪世界开始变得模糊不清了，渐渐不知怎么人在窗下竟打起了寒战，胃也跟着疼了起来。好在那大方砖录音机里动人的藏歌把冻僵的耳朵温暖了，好在邻座那戴毛线帽的红衣喇嘛传递了些温暖给我，好在那位藏族母亲和她裹在藏袍里光着小腿的褓褓婴儿把眼睛温暖了。车轮在茫茫白雪中，缓缓地移动着，慢慢地，我的胃竟也奇迹般地跟着暖了。

一个半小时之后，马尼干戈，这个传说中的神奇小镇到了。刚下车，在班车旁，竟又遇到了同路甘孜的昌都小伙子们。不幸的是，比我提早到达的他们，买走了今天去往德格的最后几张车票。正满心沮丧时，忽然一头撞见站在雪地里同样沮丧的脸，那是前日在炉霍偶遇脸被晒爆了皮的黑脸哥哥。他顶着大雪，说自己已经在这里等了一个多小时了，没买着班车票，也没拦到过路的车。我说，别急，今天咱到德格肯定有戏，现在特想吃酸辣粉，先进饭馆儿找找看，然后再说车的事儿，成吗？说完掏出伞，准备递给这黑脸哥哥先挡挡雪再说。他说，谢了，不用，便继续站在雪中央呆呆地拦车去了。

进了饭馆，坐在四川老乡烧旺的炉火边，烤了阵火，肠胃和手脚才渐暖了起来。窗外纷飞的大雪固执依然，没有半点要停的意思，雪中的车辙与脚印越来越深。很有耐心的黑脸哥哥仍旧在雪中徘徊，在雪中徘徊的还有与我同路马尼干戈的邻座喇嘛，以及一个精瘦且衣着单薄的，声称拦不到车，就徒步翻山，走去德格打工的四川老乡。除了我们，白雪覆盖的马尼干戈，望得见的仅有几个穿时髦冲锋衣打雪仗的藏族青年，和几只瑟缩着四处寻食的狗儿。在吃过一大碗酸辣粉后，我也加入了雪中徘徊的队伍。雪势仍然不减，但云隙间却仿佛已有了光的痕迹。一辆接一辆的货车、班车、私家车，像是齐齐约好似的排着队往石渠方向驶去，十分钟、二十分钟、半小时、一小时，时间在马尼干戈的一场大雪中悄悄流走，等待的耐性正随着时光的游走而一点点消磨掉。后来干脆蹲在地上茫然地玩起了雪，跟同样茫然无助的黑脸哥哥有一搭无一搭地聊着。突然，一个雪球滚落到脚边碎了，我扑哧一笑，回敬了一球，不

·荒芜山岗——川西 内蒙 五指山·

知击中的是谁，不远处荡起了藏族孩子的欢笑。那笑声终究没有将我们引入雪杖大战，心灰意冷地向黑脸哥哥说，在这儿等下我，我去那边饭馆里碰碰运气吧，如果不成，咱们今儿就只能先找地儿住下，等明天雪停了再翻山了。

踏入饭馆，没有过多犹豫，就径直走向了那桌人的身边，并排停在店外的两辆丰田越野车，似乎是说明了那些人的身份。在说明来意后，德格的干部们一致向我投来了怜惜的目光，却是无奈摇头说他们的车全坐满了，但可以问问看那辆车，于是便把目光投向了旁桌一位头发花白的老干部。这位老干部说，车上除了他之外，就只一个回德格老家的小姑娘了。但又略考虑了下，问我有无疾病？并说翻越雀儿山是要过海拔５０００米的，可不是闹着玩的。我答并无疾病史，翻过雪山只是想见识见识德格那神奇的印经术，并非闹着玩。我的两人搭车请求，最终还是得到了老干部的点头应允。大喜过望，千恩万谢之后，跌跌撞撞地跑出去，冲着雪中呆立的黑脸哥哥说，上车，快。

进得车内，暖风开起，立刻与窗外寒风刺骨的冰雪世界，相隔而望。能搭到丰田越野舒舒服服地过雪山，的确是命定的幸运。就在车套好防滑链，准备发动的那刻，却仍不知足的悄声对黑脸哥哥说着，其实这段路没搭到大货是个遗憾。一路上那德格干部问，你们是打算到新路海耍的吧？下这么大雪，新路海就没啥子看头了，有没有结冰都不好说。我和黑脸哥哥几乎同时说出，只要越过这座山就成，雀儿山确实太高了，遇到雪天翻山，确实太艰难了。黑脸哥哥对湖泊美景并非异常期待，这次旅行的目的地是跨省那边的西藏昌都，他的假期快用完了，打算尽快赶到那里。他介绍自己是油田人，他生活的那个新疆小城比起北京真算得上洁净异常，他真诚邀请我今后去

真诚的藏族小伙儿

荒芜山崗——川西 内蒙 五指山

印刷工人们正在忙碌工作

新疆，路过那小城一定要停下脚步去看看。而这一切都是我们平安到达德格后，黑脸哥哥作为帮他搭到车的答谢，请我在川味小馆吃饭的后话了。而我还需要几日后原路返回，尽可以有时间来守望新路海晴雪后撩开洁白面纱的仙姿。德格老干部的司机一路边稳稳地开车，边与我们两个外乡人谈论着自己家乡的美食，还有德格的人事风物，以及不忘再打听下我和黑脸哥哥的关系。黑脸哥哥性情随和，不急不躁地解释说，我们是同路的人。

后来，雪天雪地的雀儿山模糊了双眼，两个骑摩托车的藏人从我们车边划过，身躯庞大的班车同大货车一起莫名地陷在了路边，雪山上的苍鹰与高山兀鹫集合在神的故乡，停在山顶，俯瞰着由车窗里爬出的焦急人群。大雪纷飞，两个异乡人心中略有不安，至于必须经由雀儿山翻山回家的德格人，却是淡定非常。车驶过插满经幡的垭口，我们未向窗外飘洒五彩风马，驶过全国有名的五道班兵站，也并未稍加停留。只是烟一般地在茫茫雪原上迂回前行，数小时后，最终抵达了雪已化、云已散的德格。

　　秋天深了，神的家中鹰在集合

　　神的故乡鹰在言语

　　秋天深了，王在写诗

　　在这个世界上秋天深了

　　该得到的尚未得到

　　该丧失的早已丧失。

德格印经院藏经架上珍贵的印版手柄

181

流浪内蒙，

只身打马过草原

那年夏天，穿了双蓝印花布鞋，就固执地往草原的方向出发了。

草原之路苍凉，寂寥。没有马匹，没有野花，没有歌声的草原之上，只有一叶孤舟般的汽车，在午后骄阳下诉说着茫茫的寂寞。寂寞，来得无缘无故，无边无际。一如深海中漂流已久的船只与白云，对于人、陆地、建筑物的渴望正一点点变得疯狂。而长途车上，从人人手里举着那奶味十足的冰棍儿来看，好像只要不断有凉丝丝的感觉入口，那份甜爽就能排解掉一路茫茫静海的枯燥与乏味。我坐在班车最后一排，手里也举着这样一根冰棍儿。

乌兰浩特的血色黄昏

荒芜山岗——川西 内蒙 五指山

乌市阳光热辣，站前阳伞下，一个个滚圆的烤肠滋滋地冒着油，看摊子的姑娘告诉我，成吉思汗庙离这里不算远。

远远望去，罕山上的成吉思汗庙像是个冷峻的草原勇士。白的庙身，绿的琉璃瓦，虽是到了野花盛放的季节，但勇士依旧是不苟言笑，肃穆守立在科尔沁腹地之上。印象深刻的是大殿中央的《成母训子图》，壁上绘着的成吉思汗母亲，端庄、绰约，眉宇间有着草原母亲的宽厚与柔婉。宽阔的额头，智慧的眸子，坦荡的胸襟，庞大草原帝国上的蒙古大汗母亲诃额仑，她曾以五箭的故事来这样训子。从前祖先阿兴豁阿母亲有五个儿子，他们不团结，爱打架。有一天，阿兴豁阿拿出五支箭来，分别给五个儿子一根，结果都被折断了。接着她又拿出五支捆成一束的箭让他们折，却是谁也折不断。成捆的箭折不断，只要兄弟们团结起来，握紧拳头才是最有力量……

山下乌市的黄昏来得很快，没等我吃完最后一个酸菜馅锅贴，再慢吞吞逛完小吃夜市，它就悄无声息地聚拢了来。广场上的欢声、细语、喷泉、旱冰鞋、小水洼，好像全部被那草原日落合围了。一群玩得酣畅的女孩子们，脸上荡着的光好似天边的那抹红霞。一个这样鲜活蓬勃的城市，想象不出它曾经土里土气的样子。太阳一点点坠向草原深处了，风中有了些寒意，卖水果的小贩已是披上了厚厚的军大衣。不知明天的太阳和今天的相比，会有何等不同？

乌兰浩特火车站挺好，挺高，挺大，挺苏联，有那个时代的恢弘大气。傍晚的一场雨，让这个本要归于平静的城市，又重燃起了几点爽朗、明快的色彩。

踏进乌市火车站，已湿了布鞋。

买好午夜去阿尔山的卧铺票，换上拖鞋，布鞋就临时晾在了候车室工作人员的休息处。穿铁路制服的好心哥哥、姐姐、

静静的阿尔山火车站

叔叔、阿姨们，不断提醒我，这样一副短打扮加拖鞋的模样，进阿尔山会冻坏的，最轻也是要冻掉脚趾头的，现在进山穿羊皮袄都热不到哪儿去。原先的绿皮车，一年里有大半年时间车上都会结冰。对于一个闺女，为什么要独自出门旅行，长年以铁路为伴的他们，实在是困惑。他们问我要不要喝点热水？要不要吃些水果？要不要给手机充电？说进山了，可不比这边。

午夜，车进站了。再见了，再见了，这一双双草原卜热情的眼眸。明天，一早我到达阿尔山的钟点，才是他们值完夜班，回家踏踏实实睡上一觉的时候。

六月底的阿尔山，似乎还没有真正迎来那个火热的旅游季。湿布鞋，已在过夜的火车上吹干。火车穿越了大兴安岭的梦境。只是贪睡了一小会儿，那森林中的雾霭便和云儿结伴一起流浪去了远方。醒来的森林，四处湿漉漉的，没有丝毫粘腻，满是清爽。林间缀满松树枝头的露珠，晶亮得好像能从里

荒芜山岗——川西 内蒙 五指山

清澈的三潭峡

面看见一只蝉的蜕变。爬起床来，守在窗边，感受着阿尔山的
晨光，微寒的森林清新无比。上了岁数的同车人，纷纷从包中
掏出秋衣、秋裤，匆忙套在身上，来抵御山间的清寒。

　　清晨寂静的阿尔山火车站，被到站的旅客惹得喧闹了一阵
子，站台下确是有穿羊皮袄的路人。尖尖顶的阿尔山火车站，
虽在网络、杂志上已见过多次，但那赭石色基调在晨雾中一眼

罕山上的成吉思汗庙

望去，这弥漫着淡淡的东洋味道，小巧而别致的站台，竟仍为
之心动。

　　昨晚乌市的一场雨，到了阿尔山却变成了冰雹。车站外满
是泥泞，差点又湿了布鞋。通往阿尔山景区的班车还没有实现
淡季开行，于是只有在站外和拉活的司机谈拢价钱，包车去森
林公园，车费加门票算下来也着实不便宜。我们的车穿过阿尔
山市清冷的大街，忽然才觉得肚子饿得咕噜噜直叫，于是央求
司机师傅请了顿早点，是一人一碗豆腐脑加油条。

　　夏日的阿尔山林间，有着成片成片浓郁的绿，我的心也
皆因这片绿海而涌出一种柔情。司机师傅也是心情颇好，路
上反复告诉我这里是阿尔山有名的泉眼，你远道而来去洗洗

手，洗洗脸，保准眼睛都会跟着亮起来，还能走好运。是啊，当地人背着大小水桶前来取水，我也是自远方而来，为的不就是这份大地的恩泽吗？司机师傅继续介绍着，你看那边黑黑的就是火山岩了，远处木栅栏里养的是獭兔，味道很大。我问，师傅你觉得不觉，咱们眼前这无限延伸的绿色，是不是像海一样？没边际，也没尽头。那司机师傅一拍方向盘说，真就这么回事，我到过海边，感觉其实和这里都一样，就是颜色不同。摇下车窗，清晨的曙光还未照射进深黛色的密林里，抚面的山风吹入心脾，爽朗而愉悦。从阿尔山火车站去往景区的路程不算短，大约走了一个多小时，一路极少见到有车往来。记得后来车便驶入了那片黛色森林的深处，走了好久好久，雾气腾腾的林子不知不觉就把人拉入了梦里。那是一条随时会被浓郁压倒的无人小径，静美极了，也寂寞极了，路上只有我一人走着走着。

　　醒来时，已被窗外夺目的湛蓝天空和洁白云朵晃得睁不开眼了。蓝天、白云、绿树，都正大片大片地快速退去。到了收费站，买票进入阿尔山公园内，那风景似乎有种梦醒后的平静。没有特别的惊喜，也没有特别的失望，只是有些微澜，飘浮在阳光与空气中，在毫无察觉中留下了些轻轻的烙印。我们的车，在杜鹃湖旁，在白桦林间走走停停。那面湖水静得不得了，能听见野鸭掠过天空的声音，还有鱼儿游水的声音。那片白桦林也有着同样宁静，树隙间洒下的光细细碎碎，我坐

大地上的游吟者

白桦林间的蒸汽火车

在林间沐浴着大地的馈赠。司机师傅蹲下来，指着几棵倒下的大树，说是这片林场几年前着过一次大火，还牺牲了几位解放军。那朵朵盛放的紫花地丁，不知那开在葱郁林间的野花，是否就是为着那场林火默默而绽的祭奠。

　　说完我们又上路了，继续在那拼合了太多绿色元素的阿尔山中前行，这次司机师傅停下车来，指着前面那片波涛一样起伏的地貌，说这就是石塘林了。又说那些汹涌的，像海浪一样的东西都是些火山岩浆，能脚踩在万年风蚀的大地之上，让他这个阿尔山人很是自豪。在那之后我们的车，又在清婉秀美的三潭峡旁停了片刻，汩汩清泉叮咚作响。

　　最后我们的车到了端庄内敛的天池脚下，因要爬一段小山坡，台阶颇多，司机师傅把车停好，先是建议我自己上山，

宁静的杜鹃湖

大地上的游吟者

后来又实在想站在山上，远眺天池对面那片浓密的白桦林，无奈走到半山腰，拍着滚圆肚皮原路折返，摇摇头对我说体重太大，还是你自己上吧。天池并不高，四周有些枯木倒在水中，站在山顶俯瞰确是一汪晶莹剔透的泪滴。下山回到车中，司机师傅问天池水蓝吗？看到鱼了吗？回答着，蓝啊，只是，站在山顶看那白桦林，到了秋天，不知道会美成什么样子？司机师傅听出了我的一丝季节遗憾，又说天池有三奇，一是遇大旱不枯，二是天池水没进口也没出口，三是深不可测从不产鱼。能来到阿尔山天池就算和这里有缘，没白来了。是啊，我把眼睛望向那低头吃草的马儿，寂静的森林，还有红顶子的小木屋……这里像极了我曾经来过的地方，看过的风景，思念过的远方。

或许，记忆中阿尔山的风，还有阿尔山那蓝、白、绿的单纯色调，到底会在某个夏日终将逝去。或许那年夏天，一封加盖着阿尔山邮戳的小小明信片，其实不足以证明我曾来到过她的身边，领略过她斑斓的炫美。又或许，关于阿尔山的记忆，终将会在某个夏日的午后，被那纯白、纯蓝与纯绿瞬间唤醒。

荒芜山岗——川西 内蒙 五指山

我爱五指山

正午时分，随着兴隆——三亚的大巴在东线高速路上飞快奔驰起来后，上午几小时的疲乏便迅速向坐在车中的我袭来，于是清凉爽洁的空调大巴就成了我最好的嗜睡场所。

不知过了多久，一个长得很酷的帅哥把我叫醒，告诉我陵水路口到了。我昏昏沉沉站在无人也无车的指示牌下，这才猛地清醒过来，想到原来自己一人孤零零在兴隆路口招手拦车就让我上车的退休中学教师，原来给我煮了鲜美清爽的红螺豆芽汤、有着亲切笑容的店家阿姨，原来特意用摩托车送我

山巅流云

193

荒芜山崗——川西 内蒙 五指山

去兴隆汽车站的阿叔，原来兴隆街头那碗飘着浓浓椰奶气息的爽滑清补凉，与我都倏地遥远，消逝在离别时渐远的伤感中。

然而这一切在我坐上开往五指山的班车后，随着山中云雾层层叠叠，分分合合，随着倦倦的蒸腾暑气被山区突起的弧形山峰遮蔽住，随着急转的盘山弯路的增多，随着窗外骄躁的热风被习习凉风所取代，我不知道我脑海中的印象兴隆是正在被格式化，还是无意识地正在刷新。我只知道身体掠过窗外这片宛若苍山之上拥有壮美旖旎云彩的地方，就叫做五指山市了。

从五指山市到达自然保护区山下的水满乡，还需再换乘四十分钟左右的中巴车才能到达，于是我只得安坐下来静静等待。在汽车站对面的老爸茶馆中，在桌子下面，就是那在茶馆服务的小妹日日轮回同一种动作的昏暗操作间，我挑了一张老式吊扇下的桌子坐下来，平静地望着旁桌热烈讨论彩经的一圈人，接着对一个矮矮瘦瘦的小妹说，麻烦给我一杯原味奶茶。端起杯底沉淀的极厚一层炼乳的奶茶，我听到调羹在杯中叮叮当当地把甜蜜和苦涩均匀搅拌到了一起的声音。在呷了一口这浓郁的奶气茶香后，抬头环顾四周的其他茶客，这才发现原来老爸茶馆是男性的天堂，这里是绝少会有女性涉足的天地。

这天最后一班开往水满乡的班车，载着我在盘山公路上穿行。住在山中的姑娘们一路上不停叽叽喳喳地说着笑着吃着，而我被窗外的景色迷住了，进山处缠绵的那条河，山间悠闲的那些云，错落有致的槟榔树和椰子林……我忽然想知道自己为什么会有这样的恍惚，如此的风景似乎是我在什么地方曾经掠过的，又仿佛是第一次经过的。当班车上只剩下我一个乘客时，司机扭过头来问我一个人要去那里要做什么？我凑上去坐到司机旁的位子上，回答去原始森林旅行，并询问了我最关心的问题，现在山上是否有蚂蟥的存在？司机说我还以为你是要进去搞科考研究，并说一般雨后蚂蟥才会多。一路和司机说着聊着，不自觉地就充当起了售票员的角色，上车卖票，下车开门。

大约四十分钟后，五指山下有着几排小房子的水满乡终于到了，此时已是斜阳时。一位有着绿色小车的司机站在街边问我是否现在要进山，我回答，是的，那好，我们走吧！司机李大哥问我考虑今晚要住水满乡还是进山住宿？我说先进山里了解下吧。李大哥边开车边向我介绍说他自己家也是可以住宿的，地方是小了一点，但老婆收拾得挺干净，家里还有两个很乖的儿子，晚饭就叫我老婆给你炖只土鸡吃，再打点米酒来喝。而后还给我看了他的身份证包括驾驶本等，并说几年前有本旅行指南书中就有提过他的名字。于是我欣然地借着黄昏时最后一丝嵌在天边彩云的光亮，来到了李大哥家，出门迎接我们的是一个走路蹒跚的小阿弟，还有后面跟着的一个利索又结实的妇人。妇人朴素地笑着让我先放了包，坐下歇歇，穿长袖戴帽子的小阿弟正赤脚沉浸在自己构筑沙堆的小世界里，小学快毕业了的大儿子羞涩而腼腆地朝我微笑，而带我来家里做客的李大哥，则张罗晚餐要吃的土鸡去了。

在冲去一身的疲惫和汗水后，来到楼下发现客厅中的鸡汤味道已经是香浓四溢了。我对正在厨房忙着的妇人说，有什么我可以帮忙的吗？妇人说那你帮我择南瓜叶吧，我回答好的。毛毛扎扎的南瓜叶需要把最外面那层表皮全部撕下去，这样吃起来才会有好的口感。如此原汁原味的南瓜叶炖鸡汤，再配上美酒的滋味，我知道我的确很久没有享受过了。席间李大哥频频邀我举杯，我当然也愉快地接受了来自五指山的热情与祝福。

满满一碗的鸡肉和米酒，不一会儿就被我消灭殆尽。饭后

荒芜山岗——川西 内蒙 五指山

李大哥又端出野生蜂蜜冲水来为我解酒，之后李大哥也沉沉地靠在了座位上，看着在一旁哄小儿子的妇人，开口讲起了和自己同为苗族的老婆，心中似有千言万语。说起没生小孩前那个年轻貌美的姑娘，与自己同甘共苦飘零去岛外更广阔世界去做生意的爱人，此时我分明看到了面前的这个男人，眼神中有某种幸福的液体在飘移……

第二日在吃过南瓜和南瓜花炖出的一碗美味小排骨后，李大哥便开车如约送我到达了深入五指山腹地的一条原始又狭长的登山小道上。李大哥告诉我这条路没有其他岔路，只要一直走到头，来回六小时应该没问题。我知道独自一人上山下山的路途肯定艰苦又漫长，因此水、食物、药品、电池、雨具和心情都提前预备好了。

刚踏上那条羊肠小路没多久，我便被热带特有的浓郁气息从头到脚皆裹夹住了。板根粗大的根茎仿佛从地心有魔力般地伸展而出，浓密的绿色系遮天蔽日迷住了我的眼睛，大黄色

农家饭——倭瓜排骨汤

原始板根

　　的蝴蝶和凄迷等待的锹甲在我以为的微观世界里舞动身姿，一只黑头青身的长蛇也在距离我的不远处，屏息凝神地注视着一切。那么接下来呢，继续向前的路途遭遇到的会是蚂蟥的突袭吗？我心怦怦地跳着看着脚下不知是蛇还是树根的枝蔓，心中尚未从对蛇的本能恐惧中完全解脱出来。仿佛此时从地幔处疯狂生长的每条根系好似都能将我的皮肤狠狠咬伤，然后神经末梢回流着毒性的血液，便开始向我内脏的各个角落攻击蔓延。于是我加快步伐，随着流速提升的血液，恐惧也悄然跟着不断攀爬腾高。

　　我陷入了这片逆林密径、荆棘丛生的大地。这里是闷热潮

荒芜山岗——川西　内蒙　五指山

原始上山路

大地上的**游吟者**

山间野花处处开

湿的世界，这里有着蛇虫蠕动的漆黑幽冥，这里有我望不到飞
翔的天空，而我只有手脚并用，攀着土地上纵横交错的根茎，
努力将自己带向山巅天空底，那片有着清凉舒爽的蔚蓝色下。

　　一小时过去了，两小时过去了，逝去的分分秒秒仿佛带领
我穿越了长久的幽暗岁月。脚下山脉的走势已渐渐将我湿漉漉
的身体抬高，蝴蝶天使般的薄翼在我眼前蹁迁出宛如肖邦的琴
谱，林隙间已隐约可见水满乡上空升腾的炊烟。此时无论是青
蛇，还是毒蚊，或是蚂蟥都已无法阻挡我对登顶时刹那自由、
刹那清澈、刹那高远的向往。

荒芜山岗——川西　内蒙　五指山

在一小片干燥的空地上，听鸟儿在雨林间腾挪飞越不知在为谁歌唱？瞬间我便被轻风中飘散的澄澈的绿所侵蚀了，我的内心迎来了片刻的清新舒爽。而此时天边的浓云，正在以不可思议的速度仿佛藤蔓般爬升聚拢，霎时残暴的大雨便如柱般向我泼来，我撑开伞急忙向层层叠着的阴云企盼快些消散。然而五分钟，十分钟，半小时，天空显然是没有听到我这个正在山中行走的异乡人的奢望，但只因为山在那里，所以湿透的心情仍无法离弃对于那座山巅的思念。山中无助的独行者仍在雨水、汗水、泥泞中丈量山的距离，我知道山就在并不遥远的地方等待我的到来，并将把我紧紧拥在怀里。

湿滑的天梯我攀过了，直上九十度的密林我走过了，寄生着蛙、蟹、蜗牛、毛虫的倾倒大树我跨过了，雨林深处骇人的静谧我路过了，我不停歇地行走直到最后一刻。山巅之上，正午的温暖吹散了阴冷的浮云，天空下显现的山脉、大地、白云、青松还有我的身体都仿佛延伸去了无尽的远方。我遥望的尽头是我藏着深深思念的大陆，那刻我祈盼但愿我放逐在孤岛的天空能与大陆的天空相连成片，但愿我等待的不是冷月下挂在天空中一张湿着的脸。将要下山时我听到，耳际游走的云在对我轻唤着，天空不会放逐任何一个人，任何一个人也不会将天空离弃，亦如旅途不会将我离弃，在路途我也不会将它离弃一样。

新鲜花叶也可以吃

【寂寞河岸】

六
◇

偷偷安家在凤凰
乘着轻舟去小溪
茶峒的一个老人，一个女孩子，一只黄狗
相遇廊桥，一场写进青春的梦

凤凰　小溪　茶峒　楠溪江

234 226 216 206

六

那年初抵镇远，时光停靠在标准的旅途黄昏站。夕阳映得绿皮火车里外通亮，映得秋日大地也耀目一片。自怀化而来，绿皮火车也是悠悠，一杯咖啡，一份凝望，穿过舞水的悠悠清丽，更温暖一些的是，任着光的拉伸流进舞阳河及那座旧石桥的斜阳孤影。一条河，一座桥，一个人，原来可以就这样，在流动的空间淌进一本叫凝固的历史书中。

如果没有相遇，那么就找不到急切的理由，如果没有错过，急切的又只是那一刹的人约黄昏吗？出站打了辆车，直向那温柔河上的桥。祝圣桥古雅而斑驳，在那桥上的魁星楼小坐，下学了的小人儿，背竹篓买菜归家的妇人，牵手谈情的小儿女，还有那隔着一江碧水画画、拍照的旅人们，无不被这水、这桥所打动，匆匆而深深地望上一眼。单这一瞥，镇远已是悠悠两千载。被一缕温婉河雾缭绕的太极城，被一条擎天的湘黔铁路划过的飞檐翘

大地上的游吟者

角，被一弯渡船的澜影柔软了桥上人的镇远啊。你曾那样朴实地留在我记忆深处，平凡地掂得出分量，我不愿轻易的，将你们与之对比，进行衡量。

　　白日浓重雾气笼着的老屋旧巷，沿山而上的台阶，有些清冷，有些湿滑，有些幽幽。岁月不动声色地在豆腐坊的石缸中，在窗前婴孩的啼哭与梁下雏燕的飞落间，静静地淌着，时光的手仿佛只轻轻向前一推，光阴逝水，就已百年。

　　夜间浮着米酒香的小馆子，只有三两客人桌上腾起的菜香和馆子里嗡嗡的电视声响。店家对小镇生活引以为傲，冷了乏了，喝口酒，春花秋叶，寒来暑往。长空出蛟龙的镇远，夜色寂寞，曾在那河岸古巷中留了些痕迹的，有发生，也有结束。

寂寞河岸——凤凰　小溪　茶峒　楠溪江

偷偷安家在凤凰

回北京不久后的一天，落雨了。

绵绵的，密密的，轻且柔，拂过脸庞若有若无。一场雨，缓缓唤醒了那干涸的大地，一点一滴，温润浸湿，半天工夫，地上竟也漾起了圆圆的池塘。

凤凰，却是依旧没有落雨。干干爽爽，寻不到春日的雨痕。

两点的班车吧？

带两把红菜苔吧，给你买好了。买了，也再带上嘛。

多年前宁静的凤凰古城

寂寞河岸——凤凰 小溪 茶峒 楠溪江

吃了粉再走，不急，要吃饭的。

出门打车要五块钱就好。

要再来吃粉，再来凤凰啊。带上爸爸妈妈来啊。

一路好走啊，一路好走。

粉馆的桥头位置，注定了那是离别的匆匆之地。多少次，在这间小小米粉店中与这座美丽的城告别。这次包里多了两瓶水，下次又多了几条黄瓜、几个橘子，再不就是增加了三五个糯米粑粑或是一罐酸辣椒，以及太多塞不进包中的叮咛与牵挂。这就是家，走得多远，行囊里也始终揣着家的分量和温度。唯有在家，才会听到那些殷殷的、絮絮的话儿，也唯有家，才会令人生旅程稳妥归位。

还是春节前，匆匆从北京的家出发，赶回了我在凤凰瞒着别人、偷偷安的另一个家中。湘西凤凰，你是那记忆中的温暖起点。凤凰是谁？涅磐的凤凰是一只非梧桐不栖的鸟，相传"天方国古有神鸟名斐尼克斯，满五百岁后，集香木自焚，复

沱江一弯，最是温柔

冬日里的艳丽

从死灰中复生"。而那湘西凤凰，却是个温柔小城。一切皆是因着《边城》中那长养在风中的翠翠，倍加清新恬美的吧。而沱江又是谁？也是因那条有着碧绿水草的温柔河水，让"乡下人"的故土有着流动而不凝固的时间吧。

凤凰家中的父亲、母亲、哥哥、妹妹，还有那很老很老了的阿婆，都在等着我的归来。这次回去没有上次相见时的百感

寂寞河岸——凤凰 小溪 茶峒 楠溪江

交集，而是上了楼被招呼"掐饭"，就从容放了行囊坐下吃开了。喜欢热闹的母亲依旧是推了饭碗就去什么地方打牌了，沉默的父亲依然是因为胃出血的毛病喜欢吃软烂食物，哥哥仍还是略显腼腆，妹妹甜美的声音还是清脆可人，外婆神采奕奕和几年前毫无二至，而我也留着和当初一模一样的发型。

莉莉，我们有几年没见了？

你，去年还来了呢吧？

最后一次见你，那会儿你穿件长长的红羽绒服，有时候会在阿罗哈听他唱歌。那次看我气色不好，还说要请我去做脸。

姐，你记忆力还真好。

打算什么时候结婚？

我们在吉首买了一套房，现在家里没钱了，结婚还要花不少。其实，我还不想太快结婚，也不想要孩子，我还想玩。你看我嫂子，生了孩子，就有点老了。她们跟我差不多大的，想法都比我要成熟了，我好像还没长大，这些年一直也没有变。那你呢，和男朋友还好吗？

后来找了一个甘肃的，对我挺好。

在北京怎么会认识甘肃的？

千里姻缘呗。

那时你总是饥肠辘辘，傍晚在家吃了爸爸烧的血粑鸭，晚上还要去夜市摊子找烤菜来吃。那会儿你带我吃了不少凤凰的好东西。那会儿我第一次来凤凰，就和你现在的年纪差不多大，笑起来脸上就高高地堆着两团肉。我还记得，在你们中学里藏着的那个殿还真是好看啊。有一天你还悄悄跑进屋来问我说，刚才一起上楼喝茶的那个，是你男朋友吧？告诉他，我们还笑你早恋。那年认识你，还是十五六岁的季节啊。

时间的车轮一转，山一程，水一程，刹那走了就是近十年。

桥头的锉花艺人

　　那时这里是普通河岸人家倚窗听雨的木楼，几年后改造成了一个叫阿罗哈的酒吧，一家三口同阿婆和一只黄狗住在酒吧楼上。后来哥哥要结婚了，一家人搬出旧居住进新屋，再后来家里又多了一对双伴儿小孙孙，两个粉生生的小人儿从此成了家中焦点。住在楼下的妹妹和她在酒吧助唱的准未婚男友，也在商量着何时能让一个家的实体写进未来。在楼梯口，莉莉说她们在一起四年了，也是大她六岁。跟她说，在凤凰竟还能听

寂寞河岸——凤凰 小溪 茶峒 楠溪江

朝阳宫里的旧日戏台

到那首《温暖》，有些感慨。她说，他就最爱许巍的歌了。她眼睛笑得弯弯的，仿佛说她们都有一些固执的爱。

吃了饭，又挨家挨户地看望了几年前早熟识了的邻居。

包大妈神清气爽、面色红润地请我吃橘子，说着非典时哭着喊着要回家看妈妈的那个脸团团的北京姑娘，说着以前电视摆的位置，问着为什么要在客栈装宽带线，抱怨政府一定要收的高额床位税。但总归还是三句话不离大爷，吊脚楼外不点红灯笼与大爷有关，把家重新装修与大爷有关，甚至是雨季下河得了风湿还是与大爷有关。包大爷走了，但大妈知道在凤凰每个风雨来临的夜晚，大爷依旧在她身旁为她撑起一片天空。

继续看望的是她家旁边，有大天台的观景客栈的老两口。阿公现在发福的身材与墙上年轻时的照片判若两人。我想知道阿婆年轻时的样子，阿婆伸出棉被底下烤火熏了炭味的手在胸前比划着两条大辫子，阿公偏过脸与妻相对，那是极温柔又意味深长的目光。心有灵犀的刹那，不知多久没见过了。

大地上的游吟者

然后是桥头米粉店的阿姨，老房子饭馆头发卷卷的眼镜老板，旁边卖社饭和酸萝卜的高个子老板娘，一直守着沈从文墓地的没牙老大爷，虹桥上边城书社的傅老板，麻系氏族来自密支那姐姐的长得极纯美的小女儿……他们之中有些甚至能脱口叫出我的名字，我们聊着谁家又准备装修了，谁家又要拆旧屋起新房了，谁家的孙子长得可爱，谁家淡季关门不做生意了，沱江干了会不会对将来有影响……

回家我问同住一屋的阿婆，是否一直在凤凰住了八十多个年头？去过哪些凤凰以外的地方？原来的凤凰是个什么样子？阿婆耳背，普通话又只会说一点点，她就给我指着虹桥，说原来那里只有三个拱，自己去过大些的地方只有吉首，但因为自己爱晕车，所以去的次数也极少。我又问可曾见过边边场上的"粉朵花"，她极动人的美是否能压倒吉信一场人？阿婆像是没听懂摇头不置可否，嘴里说着："什么粉朵花，不懂滴。"后来阿婆起身准备晾衣服，颠着小脚很费力的一件件挂上，接着又抱来一个大床单，搬了把小凳子站上去把床单抖开。我在她身旁，在这个适合我高度的晾衣绳下帮她，我想即使我没见过貌美如花的"粉朵花"，我也愿意把眼前这个不到30岁就开始守寡的老阿婆年轻时模样想象成"粉朵花"。那时她该是很喜欢缠头帕，每到赶场时便背上背篓，低着眉去注意集市上的布料、彩线、花带、手饰、青菜、种子，以及故意挤来她身旁上下打量她的眼神。

在那之后，去了跳岩。冬日干枯的水草依附在一个个矴步旁，像劫难后坍塌的墙头衰草，萎了，由着风的性子柔顺着，却不流动。北门码头的夜色越来越稠了，城门、二泉映月、烤串、米酒、河灯、烛火，我在独享这真实的一切。

"姐姐，买许愿灯吗？"

"你认识一个和你差不多大、叫龙梁华的小男孩吗？"我弯着腰，手抚着小男孩儿的头问。

"你找他干吗？他在对面。"他拿着溜圆的眼睛告诉我。

"我特意来看他。"

"姐姐，姐姐。"在过了跳岩后的瞬间，就被卖许愿灯的小孩子合围了。

孩子们的眼睛在烛火下格外晶莹，顺着一束束明亮的光，找到了教会我叠许愿灯的龙梁华。他笑起来灿烂中又有些羞涩，腮边微微带一个小酒窝，人好像比去年长高了。他从身后抽出一个用来摆河灯的塑料泡沫盒，让我垫在屁股底下坐着怕我受凉。一个叫向梨花的十二三岁小姑娘，在夜色的沱江边燃上了支蜡，并用一张小嘴抛来了许多问题。说话时，才看清这一张张小脸儿是怎样被同时照亮，是一群笑眯眯的孩子，把一个笑眯眯的姐姐围坐中间，那时光幸福极了。记得对十来岁的梁华问："十年之后，梁华还会在这里吗？""只要你记住我的名字就行了。"梁华笑呵呵回答着。

后来又带他去到家中，给他从北京带来的许多文具和糖果，梁华腼腆地接受了。而那个叫向梨花的大眼睛姑娘，却是把手插在兜里一直跟在我们身后，有些妒意地不高兴起来。送梁华回家后，她才主动拉起姐姐的手，并肩走在古城的灯火中，沉默着，好像心里有事。在买了些好吃的糖果后，她提议在城门下坐会儿吧，一起望着古城的幽幽夜色，望着石板路上或匆匆或散淡的过路人。梨花那张小小的嘴说起，自己的爸爸妈妈前段时间不在一起了，没有人心疼自己了，姐姐你能心疼心疼我吗？你怎么只心疼龙梁华？说着睫毛上沾了圈珍珠。只是姐姐第一次来凤凰就认识他了，我和梨花是第一次有缘才见到的呀。姐姐像你这么大时，爸爸妈妈也不在一起了。姐姐也

夜沱江

难过了挺长时间……

　　在水粼粼的河面不远处，是星星点点的许愿灯，一盏又一盏多像那晃着身子、摇着小手微微笑的梁华和梨花。坐在熊家小屋那小小的美人靠上，呆呆望着对岸那个已不再用木棍撑起窗子的二楼房间，无数灯盏，无数愿望，是随着汩汩沱江淌远了。这是一条温柔的河，凝固着故土的温暖与乡愁。夜，在阿罗哈酒吧传出的许巍歌声中，一直流到了很晚很晚。

寂寞河岸——凤凰 小溪 茶峒 楠溪江

乘着轻舟去小溪

小溪，一个很明朗、澄澈的词汇。

人、货、甘蔗、橘子、香蕉、饼干、一小盆烤手炭、吃奶的娃娃、放假的学生、行将老去的山民、打牌的妇人，一切只有经一条碧绿酉水，才能与外界相通的小溪乡。

从一条搭在王村码头的窄窄湿湿的木板走下去，就算是上了开往小溪的班船了。船舱里满是准备要开始水路生活的痕迹，小桌子上堆的全是瓜子、花生、香烟、方便米线、柑子、盒饭、酸菜和辣子，祈盼回家的人已经做好

船行小溪

寂寞河岸——凤凰 小溪 茶峒 楠溪江

世外桃源般的小溪人家

了消磨两小时时光的所有准备。船舱外走廊的风是阴阴的，冷冷的，水上的太阳也是淡淡的，仿佛光全被水面吸收了去。我俯下身，一只脚蹬在船栏上，望着不远处水面过渡的小小蓬舟，沾满了陈年老旧的黑，那上面是满满一船的人，和一只咯咯的母鸡，船头是一对使着全身力气摇桨的中年夫妇。

王村高高的码头城楼在酉水上动了起来，我在船尾手捧着《湘行散记》，脑子里的印记却不是缆子湾、箱子岩、柳林岔、鸭窠围，这些从文字中流出的优美景色。相反玛格丽特•杜拉斯的《情人》里，那个戴着男式毡帽的俏皮优雅、好奇又爱放纵的法国小丫头，正在渡船上望着湄公河出神的画面，却滑向了我的脑中。喧嚣的人群与平静的河水在时间与空间中漂流到了一起。小船载着我对小溪一词的美好向往，和一个爱满处乱跑多动症小男孩的好奇心，以及等待着热饭、热菜、温暖、团聚的人，飘去了离热闹繁华的王村越来越远的地方。

这个冬日与沈从文乘船返乡时给三三写信的日子一样寒冷，但并不凄清、寂寥。船头电视里的女孩蹦蹦跳跳、自由奔放、我行我素，座位上窈窕娇美的女中学生正和同伴窃窃私语，伏在桌上的男孩子正沉入梦乡，默默烤着纹路纵横手的老妇人，穿棉袄戴大眼镜的舵手，我为这眼前在旅途中生活的人儿燃起了一点希望，我的旅程不再是孤独、寂寞、矜持、古板的了。小船在轻波中飘着，青山依附的世界是酉水的碧绿、柔和、温顺，酉水依傍的世界是青山的苍翠秀丽的轮廓，水边的人信赖的世界是篷船、吊脚楼、小鱼小虾、鸟儿、虫儿的颜色、声音、气味，昏沉假寐的天际笼罩着各自摊派到他们头上的一份命运，当然也包裹着小小的我在水上碰来的好运气。

我随着一位去王村赶场的妇人和她一大一小的女儿，登上了小溪乡的码头。高高的码头建在酉水的一处山湾里，如果不是这一天一班的船扰了这儿的清幽，我想这里只会是橹歌和水鸹霸占的天堂。

妇人一家是开小杂货铺、理发馆兼客栈的，冷风中，在高高的码头下面，她全家都在背货。船上的其他乘客一个个都钻入"面的"进山了，码头上只剩我和妇人那四岁的女儿在期盼着。之前妇人在船上说，叫我等在这里，和她自家的车一起

进山，这样用不了一分门票钱。妇人、她老公、大女儿，各自背着五十斤甘蔗、接着又是五十斤甘蔗、十斤香蕉、二十斤苹果、一麻袋瓜子、三箱方便面、两箱辣豆干，在又寂寞了的码头上上下下背到溪水已微暗下来。瘦瘦的妇人和她穿着军绿棉袄的老公背货气喘吁吁，却一个累字也没对他们的小女儿喊。妇人对小女儿喊着要给姐姐掰个香蕉吃，于是一只娇嫩的小手便伸向了我。上车前，还未背完货的妇人嘱咐我："到了门票站，你莫作声。"并让四岁的小女儿坐在我腿上，我就这样在那辆每个缝隙都塞满货物和人的，大汗淋漓的车子，在傍晚前进入了大山深处、有着绿色梦境的小溪乡，而我腿上坐着穿红棉袄叫苗苗的小丫头拥着我，在她的梦里睡得正香甜。

小溪的夜只是夜。乡下的夜，安宁又温暖。我从五光十色的商铺夜，灯火通明的街道夜，只有夜的不夜城，闯进了这个只有蛙声、鱼跳、人语的毫无遮蔽的夜，这样的夜是不设防的。妇人一家开的小店是简陋的，杂货铺、理发店、木床、被褥、小电视借着昏暗的小灯下都丝毫不显得因陋就简，它们都是活的，每天被不同的人，拿起放下，吞下肚子或含在嘴里，叠上打开。

我腿上搭着小棉被，坐在越烧越旺的炭盆前，桌边围着妇人全家和一砂锅青蒜腊肉还有一只无辜眼神的白猫咪。味道强悍的辣子逼迫我吃下了两大碗饭。这是储存对付潮湿阴冷吊脚楼的脂肪和明早徒步黄心夜合的体能。夜深了，独自就着昏灯在透风的木板屋里，读着沈从文给得到的那个温和美丽脸儿，黑脸人儿，在另一处悬念他的三三专利读物。"全是吊脚楼！这里可惜写不出声音，多好听的声音！这时有摇橹人唱歌声音，有水声，有吊脚楼人语声……还有我喊你的声音，你听不到，你听不到，我的人。"我裹在被子里，在信纸上也这样写下。

瀑布相叠汇小溪

　　清晨山中的一切皆是静美的，悄然的，所以吊脚楼也醒得很晚。在永顺上中学的妇人那大女儿，为我从隔壁家端来了早点，一碗酸辣子肉沫米线。吸溜到饱后，才发觉自己被这味觉刺激得慵懒了起来。接着陆续听到门外不长的街上传来卸门板的声音，鸡鸣犬吠地热闹起来了，炭盆烧旺了，第一锅包子冒热气了。

小溪的路

大地上的游吟者

我在敞开的木门里，闻到了湿湿空气中的葱郁味道，便出发上路，准备去拥抱抚摸那棵叫黄心夜合的树。黄心夜合离这块比较集中的人家有些远，倒是顺着溪水浪花的指引，在无人无车的公路上行走也不觉得寂寞。青翠的林子像是赖在大地的被窝里不愿醒来，吐着一串串呵欠。枝头跳跃着正在开嗓的早起鸟儿，不知它们有没有找到食吃呢？而我不管它们听不听得懂，就放心地对着它们轻吟起来。

　　铁索桥到了，这是苗苗她姐姐告诉我去往黄心夜合的路。修得很平整的石阶滴着水，树叶子滴着水，倒挂的松针滴着水，还未变蝴蝶的茧滴着水，孑遗蕨类滴着水，甚至是领雀嘴鹎忽而闪过的暗绿身影也滴着水。在无人的山谷与大地亲密接触我毫不设防，大地是滋养世间生灵万物的睡榻，我只有心无杂念地投入这霸道又温柔的怀抱才觉得塌实、安稳，那是心安理得的吸气呼气，匀速的心跳，轻快的脚步。

　　爽朗着，愉悦着，不一会儿黄心夜合便占据了我的视线。我抱了抱这棵一千五百年树龄的参天古木，据说树上会开一种淡黄花心的花，夜晚合上，只是我没有那么幸运赶上这花开时节，也不能通过一个人的力量把它合围。我们相逢只是那棵树龄中万分之一的短暂一瞬，我来看那棵树是想请它为我展示扭曲的节理，苍老的年轮，以及大树冠下吹来有如醍醐灌顶般的沙沙声响。而那大树只是任由无望的藤条缠着它的树干，盘着它的树根，它自己只用笔直向上的一贯深沉不予理会。

　　我在一阵时而缠绵、时而暴虐的雨中，默默离开了那棵曾经也稚嫩、柔弱过的树。湿漉漉地狼狈地回到了我暂住的吊脚楼，那里有等待我的苗苗、她的两个姐姐、口齿不清的叫玉蓉的小丫头、沙发上趴着的几个孩子、一碗很硬的饭、辣子、魔芋、鸡蛋、还有一只馋嘴的猫。理发店大镜子上面挂着的钟，

寂寞河岸——凤凰 小溪 茶峒 楠溪江

并不因一个看风景的外乡人闯入而放慢了摆动的速度。我在镜子里瑟瑟发抖的样子，让那妇人的侄女停下了正在为客人剪头发的手，她跑去里屋翻出一件那妇人的衣服，叫我把潮大衣脱掉晾上并换上干的。我犹豫着推辞了她的好意，只因我怕那抹红有可能会让我失去在林间，让鸟儿安心听我说些任何人都不明白的话儿机会。

在吊脚楼人家娶新妇的炮仗声中，我沿着石径向另一条杉树王路线进山了。回眺叮咚清溪边的吊脚楼，腾上来的轻袅炊烟让这些木楼子浮了起来，像是上了云端，那是有了新妇的人家。接下来我的孤单又只有树、溪、光、鸟、石、虫、鱼、影能看得到了，我要诉说，午后活跃的鸟儿成了我最好的对象。我花了两分钟让小红屁股的啄木鸟不再做伐木工的苦差事，花了五分钟让一群壮实的鸭安静下来听我倾诉，又花了七分钟安抚那小机灵鬼儿似的棕脸鹟莺不淘气不乱蹦并任由我摆布，接着又花了好一阵子和与我同性的水鸲彼此问候，后来她的邻居俏皮燕尾又招呼我过去坐坐。鸟儿们都说愿意让我在这里多陪陪它们，并且要求等待太阳落到山那头，它们准备去睡安稳觉时再让我回去。不知是否因我的可耻偷窥，才引得它们提出这变本加厉的补偿来的。

一路上急着向我展现美好容貌的还有，曲径通幽、小桥流水、银练叠瀑、清溪翠石、石阶栈道，以及伫立在最高处的杉树王。别看杉树王与黄心夜合同龄，却远没有后者壮美、智慧、旷达、内敛的气质。杉树王是这片山林的长者，相对矮小很多的王却甘愿拜黄心夜合为前辈、为统领、为神。过了一会儿，也许是鸟儿们不喜欢这位杉树王列队巡游时的俯视眼神，就都像约好了一样纷纷飞离了我，到下面清浅的溪边开始今日最后的黄昏大合唱了。鸟儿是生来爱幻想，又敏感脆弱的小家

吊脚楼人家　　　　　　　　清新宁静的小溪

伙。洞察着周围暗下来的松涛越来越鬼魅的声音，我仿佛是获悉了鸟儿发出的暗示，便匆匆沿着另一条平缓的栈道，回到了有着匀速安宁生活的人群中间。

　　两天吊脚楼临水的吱呀作响木床，终于睡得我的腰不适了起来，酸疼得起床都很难弯曲了，那种像折了的痛连声招呼没打就再次袭来了。当医生的朋友告诉我，北冻皮，南冻骨，我用身体印证后确信无疑。在微雨中，我告别了围绕赶场、背货生活的一家人，挤在小"面的"上告别了朴实厚道的那妇人和她老公，告别了"今天杀年猪，就不走吧"，告别了微雨的凌晨为我照亮的那束手电光。在薄雾中的曙光码头，准时登上了每日一趟回王村的班船，我在船上想着前面还有里耶、洗车河、不二门温泉在路上等待着与我邂逅，我的腰也许在泡过那个温泉后就会恢复过来。

寂寞河岸——凤凰 小溪 茶峒 楠溪江

茶峒的一个老人，一个女孩子，一只黄狗

❝由四川过湖南去，靠东有一条官路。这官路将近湘西边境到了一个
　　地方名为"茶峒"的小山城时，有一小溪，溪边有座白色小塔，塔
下住了一户独的人家。这人家只一个老人，一个女孩子，一只黄狗。"

——沈从文《边城》

　　冬季的茶峒，有着同沈先生文字里一般的愁人与寂寞。

　　在去往地图上这个毫不起眼的小城路上，倚着车窗读《边城》，玻璃上
的雨痕轻轻的，翻过翠翠那一页的文字也是轻轻的。"翠翠在风里长养着，

宁静的渡口

寂寞河岸——凤凰 小溪 茶峒 楠溪江

翠翠，你还在等着谁的归来

故把皮肤变得黑黑的，触目为青山绿水，故眸子清明如水晶。自然既长养她且教育她，为人天真活泼，处处俨然如一只小兽物。"对于茶峒生出的种种痴想，缘于那个叫翠翠的姑娘。那山野般的清新甜美，在水边？在舟上？在巷中？在梦里？还是在"明天"的渡口？

近年关了，茶峒没有游客，那是个没有喧扰的真实、安然的世界。司机问我，这时来这里干吗？我说去看"翠翠"。公路曲折，经过几弯几绕，依稀见到了清水江。快了吧，快到了翠翠家乡了吧？我回问着司机。心底轻声唤着，翠翠，翠翠。

渡桥上与黄狗相伴的是翠翠吗？与沈从文携手走过一生的"小妈妈"是翠翠吗？江边浣衫冻红了手的是翠翠吗？吊脚楼边那个放河灯的又是翠翠吗？翠翠还等在边城的白塔下吗？也许。也许。"那个在月下唱歌，使翠翠在睡梦里为歌声把灵魂轻轻浮起的年轻人还不曾回来。……这个人也许永远不回来了，也许'明天'回来！"

沈从文1933年婚后的第一个冬至，在北京西城达子营新居"一枣一槐庐"的槐树下，开始在红木八仙小方桌上写下了，一个在风里长养的湘西小女子的爱与愁。故事背景有着沈先生再熟悉不过的山乡景致与人事情缘，讲述了一个喜欢在水边玩耍，帮着爷爷一起拉渡，名叫"翠翠"的女孩子人生。

而那些在茶峒人记忆深处的，不仅有那些美丽而愁人的故事。有刘邓大军由此架桥入川的大事，有凌子风导演的与《边城》同名电影在此拍摄的大事，有2000年在地下挖掘出成堆旧石器时代文物的大事，还有就是2005年老街上住户改造，并在江心建起翠翠岛与翠翠像的大事了。茶峒，一脚跨过了湘、黔、渝三省，南与贵州松桃相接，西与重庆秀山隔河而望。早年间，这片地处武陵山水交界处的寂寞乡镇，因着商贸往来的频繁交易，热闹繁华，与王村、蒲市、里耶并称湘西四大名镇。

只是，这个冬日的茶峒，寒意十足，行人稀少，四处是遗世的寂寞。就着那寂寞在街边随意吃了碗米粉，几个小娃娃踢毽子的笑声，清脆悦耳带着回声。吃下一碗米粉驱走寒意，抬头见那对面老房墙上，文革标语已模糊了很久。茶峒，那石巷、渡口、邮局、翠翠岛、杂货铺、诗社、菜市、年货摊，仿佛那蒸糯米的柴火般，皆是静静的。偶尔巷口出现的几声犬吠，也竟以为那是翠翠家的小黄狗。这里依旧是买盐买油，

寂寞河岸——凤凰 小溪 茶峒 楠溪江

替人过渡的老人家

临近春节的边城茶峒

翠翠爷爷喜欢去喝酒，河街上有人家，湾泊着小小篷船的凭水依山的边城。

由石板路轻轻走来，沿阶而下，就到了翠翠的家，而翠翠就在对岸，与她的小黄狗望着那个不曾回到茶峒来，也许"明天"就回来的人儿。

"您渡我去翠翠岛吧。"我对那守在水边的老人家说道。

老人从容解开缆绳，带着我朝那个被沈从文的偶然与情感叠加出的人儿划去。老人的背影在那条水晕开的薄雾中沉默着，而我也在这个小小篷船上沉默着。

两分钟后，老人身手敏捷地先上了岸为我拢船。

我背着行囊对老人说："我去看看她就来。"

他说，"好，我在这里等你。"

不知那个梳着大辫子站在黄狗身边，痴痴等着盼着的人儿，是否就是沈从文赋予的那个情窦初开、常爱忧伤的翠翠？于是就问老人家，"翠翠原来就是这样吗？"

"翠翠像原来是半蹲的，这个是黄永玉新设计的。"老人指着岛的另一侧说着。清冷的早上，埋头抽烟的老人似乎有些感伤，我不知道他是否正为自家的"翠翠"而愁着什么？

"只要是翠翠都好看。那每年端午，水上还有赛龙舟，捉鸭子吗？"

到此老人的眼睛才突然就明亮了起来，说是，"有的。"

接着娓娓道出的故事，仿佛是这流动而不凝固的时光，它并不因白塔坍倒、渡船已失、老人已去，而飘逝去了下游的碾坊里。老人说："这里原来全是吊脚楼，一场大火就都烧没了。"苍老的声音在冬日惨淡的阳光中，有些黯然。老人带我去炸灯盏窝的小摊换零钱的路上，说了许多话，说是岸上的邮局可以发明信片，邮局盖的章有边城和茶峒两个章，可以留个纪念。

是啊，这里的一切情境皆可入梦。于是，在给朋友的明信片上密密麻麻写道，"一切风景静美而略带忧郁，随意割切一段，勾勒纸上，就可成一绝好宋人画本。满眼是诗，一种纯粹的诗。生命另一形式的表现，即人与自然契合，彼此不分的表现，在这里可以和感官接触。一个人若沉得住气，在这种情境里，会觉得自己即或不能将全人格融化，至少乐于暂时忘了一切浮世的营扰。"

寄了明信片，再次来到岸边，沿着河街漆了桐油旧房子的隐约繁华，下到了真正的渡口。翠翠的渡口，老百姓的渡口，鸡鸭鱼肉的渡口，新娘花轿的渡口，包袱、铺盖、米缸的渡口，眉毛扯得极细的女人的渡口，能吃四方饭的水手的渡口。小小的渡口已有些背着背篓的老人在等候着对岸的木船了，那眼神只是家常的、安宁的、不急不切的。

"吱—吱—吱"过渡老人拉着和自己一样老的木船拢了岸，人们陆陆续续登上船，围在老人升着炭火的小暖阁边拉

寂寞河岸——凤凰 小溪 茶峒 楠溪江

着家常。老人看我像游客模样便主动与我搭话，我知道外来人要付五角钱的渡船费，便主动掏了钱。老人眯着笑眼问我说："来过？"于是在木板滑索的"吱吱"声中回答"来前知道。"老人有着与翠翠祖父一样的年纪，一样从二十岁起便在这小溪边拉渡，五十年来不知把船来去渡了多少人？一样离不了水，离不了船，正像这份静静忠实的生活也离不了他一样。心急的小伙子拿起老人过渡的木板，在铁索上一把一把地用劲把船拉过去，而老人此时也只是无声无息地坐在那里烤火。茶峒的十足寒意，让我也靠向老人的小暖阁边，老人淡淡朝我微笑，那意思是期望我向他问些什么茶峒的故事。也许我该像来到这里的游客一样叽叽喳喳，徒劳地问点什么关于翠翠住哪间房，要渡船不要碾坊的二老歌唱得是否动听，翠翠到底最后嫁给了谁之类的问题。老人把船从此岸渡到彼岸，又从彼岸回到此岸，往返了一辈子，肚子里翠翠、萧萧、三三、夭夭的故事一定动人，而我像老人一样只是笑，并不作声，静静地如同茶峒人一样，把过渡只当作生活。

随着众人上得对岸，在已属重庆秀山洪安地界的小渡口回眺茶峒，才看到沈从文写有"边城"两个大字的石刻，原来就在茶峒的山脚。隔岸有人在磨得光滑的石级上捶衣、洗菜、说着情话。而那船上的过渡老人又往反方向，在年复一年的单调拉渡声中，继续着翠翠爷爷一样的日子。或许老人也有个和翠翠一样纯真活泼如小兽的孙女，爱漂亮，爱时尚，又或许老人同样也在思索"爷爷今年七十岁……三年六个月的歌——谁送那只白鸭子呢？得碾子的好运气，碾子得谁更好运气？"之类的痴问题吧。

再回望那石上的"边城"两字时，只听得隔溪又有人喊过渡了，那是离了茶峒的人儿今天就回来的声音。

大地上的游吟者

边城茶峒的冬日

寂寞河岸——凤凰 小溪 茶峒 楠溪江

相遇廊桥，一场写进青春的梦

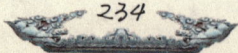

昨日还在北方的瑟瑟秋风中发抖，今日就已走进了潇潇细雨中湿润而清新的江南了。火车行到安徽省境内，竟完全被这水墨丹青画般的景色迷醉了，薄雾中的水田，早起农耕的人们，还有偷懒的牛儿，都透着股滋润心田的味道，隔着车窗好像都能闻到稻田里可爱露珠儿的气息。

这次旅行的目的地是江南之南的楠溪江，去那被称之为"古桥博物馆"的泰顺，圆那场廊桥遗梦。楠溪江啊，我与你相遇时是在年纪太轻的青春，为了消除那份陌生的地理上的距离，只有埋首把答案在书中寻找。《乡土中

斜肩歪头——文兴桥

235

寂寞河岸——凤凰 小溪 茶峒 楠溪江

永嘉山水的温柔

大地上的 游吟者

国》系列中有一本是关于楠溪江的，说是永嘉一带山水秀雅，民风淳朴，讲究寄情山水，耕读传家。于是就在这样的山水情怀下，踏上了与廊桥相遇的列车。我带着北方的壮阔豪迈而来，只为与心中南方那份沁人心脾的婉约之美相遇。下午车已行至福建，窗外是柚子树，芭蕉树和青翠农田，以及那潮湿闷热的土红宅院，车厢里空气也渐觉湿热，周遭满耳的闽普，软软的，嗲嗲的，仿佛吸满了这一片乡土的温柔。

转车，又继续转车，福建的寿宁乡间带了几分秋日萧瑟，庄稼已收打成捆，等待脱壳，忙碌了一天的农人转向炊烟的方向而去。同着鸡鸭在一辆去往乡间的车上，窗外小雨若有似无，伴着这秋收景致，忽然一阵困倦袭来，清醒后才不好意思地发觉，竟是依着邻座老伯的肩头睡了大半段路程。

到达犀溪时天色已晚，街道旁的灯火和人影，似乎把喧嚣民宅与静谧廊桥分割成了两个世界。这是我的第一眼廊桥，这里距离泰顺廊桥之乡，只有不到二十公里，却也是乡间散落了各式横跨水上的木拱桥。那悬山顶，加两坡，鹊尾脊的廊桥，横卧山野，日夜望着身下的溪水，有种说不出的洒脱与忧愁。楠溪江一带廊桥大多始建于清末民初，之后大多又经历了不同年代的多次修缮。廊桥桥身有木质风雨挡板，桥头设小庙，桥中设神龛，供奉了观音、大帝、土地公、土地婆，桥屋两侧的木凳还可供行人坐卧休息。只是山高水远，来看她时只借了天边最后一线余辉望到水尾桥，桥的确很苍老，也望不见同那桥一样苍老的人，只是溪边水鸲与山雀桥上桥下四处翻飞，忙得不亦乐乎。

之后的一天，在泰顺山野僻径的苍翠竹海中，伴着竹林沙沙的摇曳声，伴着田野收获后的气息，踏着乡间蜿蜒的石板路，渐渐的，文兴桥的朴素身影近了。秋天的田野迷人而慵

寂寞溪谷间的三条桥

懒，风儿把串串私语抛向天际，随着炊烟缓缓飘散了。田间的农人与赶羊的老伯，甚至潺潺玉溪上的白鹅，都不懈抬眼望望这寻梦廊桥的旅人，只是自得其乐地享受着秋日温煦的阳光。

传说当年建造文兴桥的两位师傅，分别从两岸同时建造，然而固执的双方对于造桥方案却意见相左，互不让步。当已造到中间时，才发现桥两边的高度不一，最后只得将就着倾斜合拢。另一个故事是说，师徒二人各自从一头造桥，徒弟怕自己这边桥建得不够牢固，便在桥尾下了几框铁钉，于是文兴桥就往没有铁钉的方向倾斜了。

大地上的 游吟者

溪涧惊鸿

　　因温州一带的地质沉降，而在桥头、桥尾、桥肩出现的不对称，更让这青山碧水间的古桥，多了几分惹人遐想的婀娜，也让寻梦廊桥的旅人对那突然惊现田野的文兴桥，连声大呼"美哉！美哉！"典雅的文兴桥姿态舒展，正歪头斜肩地倚着山峦，侧卧于清流的溪水之上，宛若长虹。文兴桥啊，这份婀娜仙姿，竟让人一眼就爱上了她，那么就坐下来歇歇脚吧。几只羊，又一群鸭，接着一个扎红头绳的女孩子与一个老婆婆，又一个背了手驼着肩的老人，由桥上一一而过。情境同倚桥醉倒的梦中景致并无二致，在长虹上只把那平静而香甜的滋味，

寂寞河岸——凤凰 小溪 茶峒 楠溪江

在心中熨帖了一遍又一遍。

在那之后，又去了泗溪的北涧桥。她的出现竟是一身红妆，与桥头那高大樟树相衬得艳丽非凡，横跨北溪之上，气势如虹，映在溪水中更写出几分盎然古意。叠梁拱桥的廊屋，檐上隐约有脊兽和悬鱼，石板小径随桥延伸。据说北涧桥头曾有许多商贸店铺，桥东也曾有座戏台，热热闹闹地唱戏还愿，再烧香敬神，许下些家庭和美、五谷丰登的愿望。或许只有那时的北涧桥才得以不再孤寂，只因那孤独的桥苍老了，寂寞了。

到达三魁镇时天色已晚，无奈转了三家旅社后才决定了落脚点。在薛宅桥旁险些被从天而降之水浇了个落汤鸡，端详了半日这座隐于尘世且坡度较大的木拱廊桥，那桥已是巍峨挺拔地陷入了现代砖瓦之中，落下孤单的鹤立鸡群之名在所难免。倒是桥旁的古樟树姿态素雅，盘根错节，好像遗世的隐者，站在这喧嚣的小镇上，不知伴着那廊桥走过了多少风雨岁月？才晚七点，小镇街道两旁的店铺就已纷纷打烊，风卷着秋叶沙沙作响。在昏暗而寂静的街巷中默默行走，身处异乡的旅人此时感到几许萧索。

第二日乘了发往洲岭的班车，不知不觉就到了去三条桥的岔路口。此时碧空如洗，两岸青翠山色更显妖娆，行走在石板铺就的羊肠小道上，只听得阵阵虫鸣和清晰可闻的呼吸声。据说三条桥得名，是以三条巨木跨溪而架由来，历史更可追溯到旧桥拆去的贞观唐瓦中，称得上泰顺文献有记载以来最早的桥梁，清末重建后的三条桥姿态依然，精巧典丽的出溪水十余米之上，为着行路的旅人遮风挡雨，坐卧休憩。

汩汩的溪水声渐近了，三条桥翩若飞虹，宛如游龙般横跨于溪水之上，不由得叫人惊叹这藏于深闺的仙姿。走到桥头才真正看清了三条桥的容颜，这古朴优美的造型融入了多少浙南

大地上的游吟者

山川的秀丽呀！奔向桥下，踏进水中，溪流欢畅地在脚趾间淌过，傍着圆石，吟着那首写于桥上、谙熟于心的点降唇与三条桥相望。

常忆五月，与君依依解笑趣

山青水碧，人面何处去

人自多情，吟吟水边立

千万缕，溪水难寄，任是东流去

就是这样的一个明媚午后，在寂静山谷中，背倚了三条桥，望着山溪，天地、人间此刻竟有种说不出的丝丝哀愁。三条桥仿佛隐士一般，淡淡凝望着乡野的寒暑更迭与来往人事，古旧的色调像是还未来得及说出口的老去故事。三条桥啊，三条桥，再多望你一眼，我也就老了。阳光下溪水声渐远了，她似乎只顾着叮咚奔跑，没有听清那些散落在风中的物语。

【情意城市】

七 ◇

北京 海口 扬州 南京

月影筒子河

海口老街，一段老去的时光

到底是那扬州梦

与鸡鸣寺、玄武湖相遇的那个傍晚

七

　　说来也许好笑，一种食物与一个城市，一种味道与一段记忆，他们之间总有一种难分难舍的姿态。或让游子们为之魂牵梦萦，或让美食者为之牵肠挂肚。一种由舌尖上的味蕾，牵出的一段情真意切的日子，往往最能让人记住一个城市的好。

　　每座城市都有自己的节奏和韵味。我们在都市群落里聚居，习惯了我们所居住之城的姿态，火辣的，朴素的，温柔的，直爽的，现代的。在令人目眩的城市蜕变中，我们每个人有意无意间，都在用一段段意味深长的情感，记述着，我们生活着并深爱着的人间之城的变迁。我路过你的城，也许被推土机、起重机演奏的打击乐所迷失，你路过我的城，也许在一个夜晚留下了许多情。

我们在城市与城市间寻觅，倾心于特立独行的都市文化，追求复古与时尚的齐聚一堂。多少次，我们在应有尽有的杂烩都市梦中，找寻已消失和将消失殆尽的幽情。多少次，在城市绚烂多姿的遗忘背后，我们选择回望，回望吧，那一座城市往昔的真貌。

情意城市——北京 海口 扬州 南京

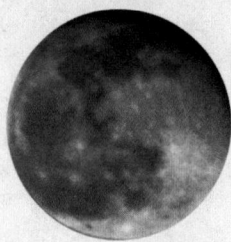

月影筒子河

是要把冬天送走了，北京室外温度连续二十摄氏度以上，室内冬季供暖今天到此结束。绿地里着了雪纺黄衫的迎春，第一个来给我们报信，说是暮春三月了。

　　而上一季的冬天呢，那历时四个月的冬季，埋藏了多少枯枝败叶，消释了多少冷雨冰风，滋长了多少新枝绿叶。这时的筒子河边，柳儿灰黄，轻轻一阵风，沾了些绿的笔端，就忽地滚落画间，好似顽童背了大人偷偷地添染，水墨般的涂鸦出点点与他一般的细小生命。

角楼夜色

前几日聚会，因一对新人赴宴，席间问起偌大京城，何地值得浪漫一游？众人立时眉目生情，面堆桃花，有人推荐去那新兴小资集散地南锣鼓巷把玩烛光，有人建议围了颐和园环着碧水漫步晨昏，还有人说城内最宜还是拉上小手于筒子河边伴了月色缓行。

不错。金水桥，筒子河，古槐，宫鸦，角楼，残月，故宫前后有雕栏玉砌的萧疏之美，也有诗情画意的盎然之趣。此时，若是伴着一个人，倚了河边诉衷肠，那一帘幽梦仿佛是素娟上的天河月影。

也许是我夸口，我主观了吧，总觉得冬日里京城的壮观景象，绝非任一城市可与之相比。北京冬日里淡黄的太阳，穿过老树的枝桠和垂柳的枯条，尤其让三片结了厚冰的海子显露得如圆镜一般，银光映着红墙琉璃瓦也越发拥得宫殿高大异常，城圈里几丛常青的柏林更在这座城的恢宏之外缀了几许情调之美。这样的景致，不由得不叫人相信，它是一座未来之城。人类寻觅千年的城池，最后的遥想世界，至少也该是如此。

太阳偏西，昏鸦群群，哀哀徘徊，掠过角楼，腾起团团黑雾，染得宫墙更加绛红。头上淡淡的月，已悬上树梢儿，是该收线了，待风筝幽幽落下后，太阳便钻入暗影里彻底隐身了。冬日的北京，天色大多阴沉，黄昏擦着琉璃瓦滑过老树与冰面，刹那而逝，短暂得绝少给人留下片刻叹夕阳的机会。

还是几年前的冬日吧，天儿黑得也早。我们吃过饭后，望见清冷的月又爬高了不少。轻轻问了他一句，可否再同我四处走走？那，就去故宫吧。筒子河边有些幽暗，角楼灯未亮，挂在檐铃之上的只有一轮月。我们沿着河踱向北池子大街，阑珊灯火已远在身后。昏黄的街灯下，只见宫墙边墨色的柳条和龙爪槐，被冷风那么一刮，枯叶哗啦啦旋起阵阵落败之声，不远处的一团什么正沿着河岸移动过来，原来是骑车行人经过身旁。如此场景，未免多少给人沧桑、清寒与恐怖之感。

只是年轻男女相恋时，最不顾忌的就是这夜阑人静，好似只祈望着路灯相隔距离愈远愈好，才更挑出那分厮守的情境。是啊，月色罩着那一排排的琉璃屋脊，雕花格窗，柳林老槐，万籁寂静中，哪个不会生出几许诗的联想？偶尔有车经过，灯光一闪，两个依偎紧紧的影子，自动轻轻划开了一张纸的厚度。我们也倚在河边，望着巍巍黑影的宫殿，低声交谈，从月影说到一只绣花鞋。

不知不觉到了东华门，听见有人缩头缩手吆喝着，"坐车咧，坐三轮走咧。"声音像吐出的缕缕白气，被风一吹就散了。墙根儿下幽暗的光，刀子般的风，叫人顿生怜心的吆唤声，都让俩人的脚步更紧了些，靠得也更近了些。再过去就是午门了，宏伟的天安门隐约挡住了长安街上的车流喧杂，午门前光如白昼，映的脸似玉琢一般。这里真好啊！是啊，真的很宽广，很宏大。这里静得怎么只有我们？

海口老街，一段老去的时光

海口新港青年旅舍隐藏在新港码头对面，一个绿色浓稠的小区里，带着北纬19度特有的温度与湿度，那热气腾腾的炽烈阳光，那赭红色大地上的棕榈椰香，还有那海峡吹来的舒爽晚风。傍晚旅舍主任老王回来了，一进门就狼狈地告诉我，他今天被很大的海浪打到水里，还有他兜里的手机，只才用了几天啊，就洗海澡了。晚上可怜兮兮的老王，做了几个拿手菜，用来招待远方的兄弟和舍友。

饭后老王与兄弟搬了箱啤酒，放在院里的圆桌旁，为我在那蜡染布鞋旁点了盘香，又喷上驱蚊水，自己则满不在乎地一屁股坐在藤椅上，与弟兄几

新港大桥旁的日落

个喝了开来，并邀我也一起喝上一杯。老王说他原来住的地方在玉环海门，每天早上必须要做的一件事就是面朝大海去游泳，游完再去上班，一天感觉都很爽。老王说他年轻时就到了海门，他是爱海的人，喜欢码头的汽笛声，喜欢那来往船只的喧闹与宁静。

从江河源头的青海来到江海尽头的海南，大个子老王第一眼看上去，有些落魄和沧桑，如同四海为家的流浪汉，不修边幅，不拘小节，永远趿拉双拖鞋混迹江湖。老王说那年他忽然很想去西藏，打算逃避一段感情，就那么一个人，挎了背包，穿了双拖鞋，搭了几天车，就走完了川藏线。路上相遇的弟兄高度怀疑他的身份，说是怎么看怎么像在逃人员。我们笑他，老王却说年轻时骑摩托几天几夜，由玉环回到老家西宁才是更像。他说很多人都搞不清他是哪里人，就连他自己现在也不知道该把自己归为哪里人。一盘蚊香烧完，老王许诺说明天要带我要去看看海口活着的老街。

一早醒来，伴着草席的清香，窗外码头的汽笛声，已在海上喧闹开来。新港码头又迎来了属于它的喧嚣，带斗笠的人，运整箱货物的人，携妻带子的人，以及孤单行走的人。八点了，老王勉强支撑惺忪睡眼，问我怎么这么早就起来了？昨晚休息得好不好？我只有微笑着说一切都很好。老王说，那好的，今天比较晒，你涂好防晒霜，带好相机，我们就出发。

在冷气十足的公交车上，老王一路絮絮地向我介绍他所爱的这个城市的种种。那紫色的是三角梅，海南这地方太适合植物生长了，温暖湿热，种什么长什么，只要种下就不用操心了。窗边那条河是海甸河，我刚来那头几年，一大早就见河里全是拾贝人，打渔的船也不少，天天如此，现在少多了，你看那河边的，只剩下钓鱼的了。前面那是钟楼，红砖砌的，很漂

大地上的游吟者

沧桑过往

　　亮吧？民国时候的，那会儿港口做生意人多，这里是很热闹，很繁华的。顺着老王手指的方向，那片，海甸岛的另一边就是得胜沙路、新华路、中山路和博爱路老城区了，我也挺喜欢在这里闲逛，带不少"驴友"也来过这边，慢慢走走，挺有味道。有回和几个朋友发现中山路上小小巷子里还藏了个妈祖庙，之后又走到水巷口，发现那里有家小店，就几张桌子，做的腌面和抱罗粉味道太正了。说着说着，该下车了，穿过滚滚车流和熙攘人群，与老王走着走着忽然发觉四周渐渐静了下来，是那载满海口人幸福与悲伤的老街近了。

　　那探出窗外的小阳台，那楼角垂下来串串花朵，那摇摇欲

情意城市——北京 海口 扬州 南京

老街上的寂寞百叶窗

坠的浅蓝色百叶窗，那盘旋而上的木楼梯，五彩的花玻璃，怀旧又复古，从容淡定，沉淀着岁月之美。只是当年华侨重金购置的骑楼，以及那些故事真的已经很老很老了，当年铺面精致的雕花，楼上房间的爽朗舒畅，当年商家云集，被多少人交口称赞的风水宝地，那些褪去了往昔色彩的历史，又有多少能被一代代传承呢？

大地上的游吟者

闲来就上老爸茶馆

　　与老王各人手里捧上一碗清补凉，混合着水果与椰奶清甜，满口热带味道地悠然穿过几条市井老街。开摩托的年轻人从身旁飞车而过，老王说，我们还是走骑楼下面，安全。骑楼下已经开门营业的温州建材店，挂着老花镜仿佛一个世纪未变的修表店，躺在骑楼荫凉下的老藤椅，永远泛着琥珀光泽的凉茶摊。这里吸纳了南欧及地中海一带建筑风格，又汲取了东南亚等地的建筑风格，在楼前建起临街的建筑。这样在多雨，多烈日的海南，骑楼恰好给行人提供了遮阳避雨的条件，久而久之，临街的商贾店铺规模便日益增加了。

　　老王指着槟榔摊旁的一片片红色印迹要我看，并说这就是海南最有特色的风景，也是城市顽症，海南人爱嚼槟榔，嚼的啊满嘴牙齿搞得血红，嚼完随口一吐，渍在地上很难清洗的。

情意城市——北京 海口 扬州 南京

我问，那刷牙是不是就刷不掉了？

很难，年轻人一般嚼得少了。你看这边现在做生意的很多都是温州人，本府的都搬走了，这楼也太老太旧，有的破得也不成样子了，原来杉木做的楼板全让老鼠打洞了，有次我上楼去看看，踩上去嘎吱嘎吱的。海南的老鼠，个头肥的，你都难以想象。海南这地方，苍蝇的个头都比内地大。

我举着相机，忙着拍照，忽然镜头里出现了一位像这骑楼一样老的阿婆，在骑楼转角的窗户下，有些阴郁，有些感慨，皱眉望着楼下的老街。

老王自顾自地说，我觉得这里很有味道，也带不少人来这里逛过，现在则是我在生活，所以我也想让你体验体验，试试生活得就像一个海口人那样，整天趿拉着拖鞋，在海产市场啊，老爸茶馆啊，各种小吃摊啊，还有私彩啊，琼剧啊之间各处闲逛。

我又问，什么是私彩？

老王说是只取前四位的一种岛内彩票，你看满大街摆张桌子，或者铺个地摊，一大张分析图纸，手里一根笔，插个耳麦，说得滔滔不绝的就是私彩。有天晚上经过一条街，整整一条街支了一排小灯，就那么拿个粉笔在地上写一串数字，也能围着好几圈人，我也听了一会，想研究研究。岛内玩这个乐此不疲，岛外来的看着就有点好笑了，改天带你去见识。

和老王一起边走边聊。来，就是这家，来尝尝这个吧。

菜单牌上写的特色海南抱罗粉，腌面。

看店外老板把内脏从热气腾腾的大锅里拎出来，麻利地在案板上咣咣一剁就揭成了几段，粗粉放在熬得白白的汤里一滚，碗底垫上麻油、香葱、白胡椒和盐，粗粉出锅铺上内脏，撒上花生，酸菜等等，浇上勺热汤把粉这么一盖就好了。

尝尝抱罗粉的滋味儿

老王说，这可是海南最好吃的抱罗粉了，你可要多吃点，有肚子再尝尝腌面。很多广东朋友过来，都最爱这个了。

我吃不惯内脏味道，只要了份小菜和米饭，配上靓汤，就是很好。

老王吃得稀里呼噜，满头大汗，一碗抱罗粉瞬间只剩碗底。啊，老王吃完嘴巴一抹，说这么多年一个人在外面，西宁

情意城市——北京 海口 扬州 南京

海口老街上的火锅摊档

老家的很多小吃，是什么味道都快忘光了。说完又提着衬衫领子，猛吹了阵子电风扇。

海南的太阳上来了，外面骄阳似火，暑气把路人弄得个个疲乏不堪。骑楼底下很凉快吧？真正的海南人，这时候都在屋里躲太阳呢。老王像是在问我，又像是自言自语。

我们一会去东门市场转转，我给家里买点东西，你也看看。

远吗？我问。吃了饭，走了还没几步路，就已经汗流浃背了。

不远，就前面博爱路上。老王买了两杯柠檬水，顺手递了我一杯说。

东门这边是个露天市场，海鲜、干货、蔬菜，应有尽有。跟老王说，我有点儿应接不暇了。一家接一家的摊位上挂满了咸鱼，空气中海腥味儿很重，却又有股咸鱼的特有香气。细细看去，店家把鱼肚与鱼皮排列在一起，把瑶柱与鲍鱼排列在一起，把鱿鱼与墨鱼排列在一起，把海参与鱼翅排列在一起，把蚝干与虾干排列在一起，又把海蛇、海马、海龙排列在一起。一圈逛下来，眼花缭乱，却两手空空。老王说，煲汤来这里买材料最好了，很多广东人爱来这里，说比那边便宜。

海口的老街仿佛如京城的胡同，有些是被破坏的，有些也的确是陈旧了，有些故事再串不起延续的可能性。这是一次怀旧的旅程，不经意的点滴间却透着浓浓人情，几句邻里间的简单问候，放下几块市场上刚出锅的焦香烤乳猪，或是一个街边的海南大肉粽，又或者只是下了摩托一个微微的点头，都让在骑楼下长大的新一代海口人心间温暖。这是一条活着的老街，就像对老王说的那样，今儿好像是在时光机器里穿行了一整天。

到底是那扬州梦

出冶春茶社，向西踱步缓行，唇边依旧挂着蒸饺的细腻鲜香，舌尖还留有一缕清茗的甘甜回味。沿了廊间，独自闲看风摇岸柳，绿衫红袖，繁花争妍，蜂蝶弄春。这个春日的午后啊，徜徉于花市，听莺啼燕语，看鱼儿转尾，或坐定静观，或闲话家常，身在如此美好的人间啊，真是满心幸福涌动，竟将昨日离别之苦冲得烟消云散。

扬州花市，始于城北禅智寺，繁盛于月明桥。那时从月明桥到铁佛寺，路旁是目不暇接的锦簇花团，姹紫嫣红，也常有好养鸽玩虫者，好古玩玉器

悠悠护城河

情意城市——北京 海口 扬州 南京

望得到四季与生命的盆景梅

者，穿行其间相约讨教花草之外的得失种种。巷间更有卖花女
提篮穿梭于市，吴侬软语的唤卖让江南更添了分婉约味道。说
到扬州人爱花，真是爱到了痴绝处。何园里是那执笔画影芍药
的惜花人，瘦西湖边是那手捧琼花似玉蝶的赏花人，盆景园间
是那折枝剪红梅的懂花人，就连寻常人家窗前也有那侍候盏盏
鸢尾的护花人。有如此爱花、护花、懂花、惜花的扬州百姓，
扬州冠以"万花园"、"花卉之城"，其名当得。

　　今日的扬州花市，一面傍着外城河水，一面倚了盆景园，

处处热闹喧杂的市井图画更盛当年。一路赏花人、买花人、卖花人熙熙攘攘，把长长的东西回廊挤得逼逼窄窄，往来者神情泰然，悠悠挪步，闲看痴望，花花世界不觉叫人心生妩媚。偶

与花争妍

263

有心焦气躁者，一旦步入了鸟语花香、红肥绿瘦的花市，扑面的袭人花香，也自会熏得目展眉舒，心泛涟漪。

不错，春潮涌动，正是扫去阴霾，驱走寒意，换上春衫，重新做个爱花草、爱生活之人的好时机。午后阳光充沛，花影树影洒得遍地，金鱼盆里荡着点点红尾，枝头鸟儿闹着唧唧啾啾，行至花廊间倍觉盎然与舒爽。看那翠色包裹的柔媚粉掌，宛若哺乳期女人脸上的两团红晕；水灵灵的梅岭金鱼，让那婴儿车里的小人儿勾了嫩颈，张着小手，口中咿咿呀呀唱个不停；貌似簇簇随意摆放的写意兰叶，仿佛身旁经过的赏花女子，未闻得一缕幽兰香，却见得掩不住的蕙心兰质。

一盆碧绿的龟背竹，几株花期将至的茶树，一棵鬼斧神工的五针松盆景，皆引得三三两两银发老人围拢而来啧啧称赞。店家同为绿杨村中老辈人，看他呷上口清茶，起身招呼熟客，寒暄几句，眸子又停在绿意间，接着眯了眼不住点头和着。也许逛花市的乐趣，不在贪恋奇花异草的娇美多姿，不在讨价还价的或多或寡，不在有无选到心仪的花草，甚至不在那看花开花落、云卷云舒的心绪。只是图得那一份趣，是懂花人的闲适自在，是爱花人间赞口不绝时的心领神会，是抬手修枝时彼此的心照不宣。

当然最让人流连忘返，不忍离去的，还是那曲曲折折、疏疏瘦瘦、盆盆相挨、造型各异的梅花盆景。梅树疙瘩的苍古奇绝，顺风梅树的旗帜飘飘，梅桩劈削的枯木逢春，无不令人心生画意。爱那故作小红桃杏色，尚余孤瘦雪霜姿的点点红梅，更爱那寒心未肯随春态，酒晕无端上玉肌的暗香疏影。店家看我先痴痴地望了一阵，又躬着背辗转于盆景左右，继而蹲下身来逐个细细端详，最后忍不住连连赞叹，在北京竟没有见过如此姿态美好、如此色泽娇艳的梅。听罢店家报之以会心一笑，说那你就多看看吧。

　　植物的滋养一半源于先天的气候土质，一半在于后天花主的悉心呵护，只看那几盆梅的斜横疏影之势，朵朵泪痕为褪之姿，就可知主人必日日精心侍弄，才长养成这般容貌，这般动人。得知我远道而来，不愿空手而归，店家送我句，"买上一盆，带上飞机，随便玩玩"算作安慰。是啊，"深巷障目，回廊蔽雨，扇盖为多事矣。买花轻欹，如空谷鸣琴，其声清；响迟行，如幽径落花，其声媚。"愿今夜的扬州梦，也似这般甚美。

花市上那抹姹紫嫣红

古鸡鸣寺

与鸡鸣寺、玄武湖相遇的那个傍晚

日暮黄昏，由旅社出小巷，闲散吃过饭，喝了茶，随即涌入南京城内的车流人海，见市民下班放学这般的归心似箭，也叫人心头不觉抹了几许离家的愁绪。车过鼓楼，穿过大钟亭，公园里打太极、舞彩扇的老人，正热闹闹地蹬车暂别，也在此寻了位正欲归家的儒雅老者，打听鸡鸣寺的具体方向。指点一番后，老人淡淡问，是去上香啊？是啊，只怕时间晚了。

傍晚的玄武湖水

在老南京心目中，这座梁武帝曾于此敕建同泰寺的"南朝四百八十寺"的首刹，是南京城内进香最灵验的寺庙，也是市中心鸡笼山上最安适的清净地。几场春雨过后，鸡笼山下的花事已到酴醾，花间隐约可见鸡鸣寺药师佛塔青烟缭绕。傍晚已过，寺前空无一人，匆匆买了含三炷香的门票，由新寺门沿阶而上。依山而建的庙宇黄墙黑瓦，层层叠叠，檐下风铃，摇摇荡荡，游人散去，独对此境，抬头望见寺中悬挂的禅心妙语，"心不随境，是禅定的功夫。心不离境，是智慧的作用。"默诵几遍，顿觉耳畔生风，安闲恬适，扫尽俗肠，心无旁骛。寺中最高处的药师佛塔下可祈福敬香，只叹时间已晚，不能登临一览玄武湖与九华山的南京绝景。

下山后，在寺门首遇见位寺管会的居士，赶上去不无遗憾地问道，药师佛塔上极目远眺是否风光无限？寺里的素面素斋中罗汉面与素什锦到底哪个最妙？朱自清当年在豁蒙楼上吃茶的苍然之景还能一见吗？说话间，拾阶而上又来了位香客，同为抱憾而归。居士低眉垂目，说是见仁见智，然后望着山下的点点桃粉，缓缓说上周是开得最好时。出寺下山，行至老寺门下，见幽幽绿树与佛寺黄墙的不变搭配，最是禅意入心。也许一切皆由缘，若不是傍晚的鸡鸣寺匆忙一游，抱憾而去，也许竟无法在玄武湖边倾听一位南京长者的谈话。

由鸡鸣寺一路向北，京师明城墙绵绵长长，以依旧不变的姿态诉说着旧时遗痕。从范蠡城到石头城，再到明太祖朱元璋所建"内十三"、"外十八"城门的宏大之城，在历经数百年的沧桑巨变后，南京明城墙的巍峨雄壮，也就渐渐隐退到了时代舞台之后。如今城墙之上，望得到台城外玄武湖的明净荒寒，也望得到波光潋滟的沉稳大气，望得到城墙边生出的摩天高楼的现代时尚，以及北边火车站与南边别墅区的日新月异，望不见的还有那湖畔市井间的悲喜人生。

南京人对于玄武湖的感情，就像西湖之于杭州，什刹海之于北京。南京人喜爱这片湖水的方式可以与风雅花事有关，也可以与秋夜月色有关。樱洲春花，环洲烟柳，还有那夏荷秋菊的四时变幻，玄武湖盛下了孩童的任意妄为，盛下了眷侣的含情脉脉，也盛下了年老的寂寥斜阳与山高水长。

那是在明城墙下偶遇的一位长者，虽满头花发，背已微驼，却衣着整洁，朴素谦和。因我们同为饭后来玄武湖边散步，话题也由玄武湖的环湖改造说起。老人讲，夏天这里散步、骑车、划船的人很多很多的，湖边空气好也凉快，大家都喜欢来。说着又指了指湖边准备铺设栈道的堤岸，自叹几年了还没搞好，说那下面的长椅当年我每天都来坐的。

幽静的古鸡鸣寺

微风中，见柳色已染绿长堤，水面阔朗，春燕衔枝，气象合宜，心境合宜，于是一老一少相伴席地而坐，面朝湖水，道起了一座城和那城里的人。那城里有着我们相同欢喜的风物与美食，却有着我们不同的惆怅和欢愉。还记得她空对着时光，絮絮说着，四十年前的北京好大，但还是住南方习惯了，现在儿女长大了，老头儿不在了，故土难离，凡事靠自己了。

风起时，搀扶起蹒跚老人即将归去，一个不经意的回眸，玄武湖上竟已霞光漫天，灯火阑珊。入夜的玄武湖，内敛完美，到底还是大涤子的画，城墙巍巍，山湖依旧，只是人换了，茶也凉了。

【世代歌谣】

拉萨谣
彝人之歌
我爷一辈子的「花儿」命

八〇

拉萨　凉山　西海固

八

可爱的一朵玫瑰花

赛帝玛丽亚

可爱的一朵玫瑰花

赛帝玛丽亚

那天我在山上打猎骑着马

正当你在山上歌唱婉转如云霞

歌声使我迷了路

我从山坡滚下

哎呀呀 你的歌声婉转如云霞

是这首来自中亚草原的旋律，每晚将我身旁的小人儿唱入梦乡的。缓缓的节奏温柔又舒展，好像一匹小马驹驰骋在草原、跃过山巅、奔向彩云的样子。小人儿一下子听出了些许西域味道，边吃手边做着乐曲赏析，说那是清真寺做礼拜的歌。日日夜夜，来来复复，多年后，忽而发觉儿时的歌谣仍动人地停在那儿。好像《城南旧事》里唱着"长亭外，古道边"英子的那双眼睛，从未因时光而走远，她住在心间长久而美好，宛若一朵羊羔般的白云，丝丝缕缕都是无邪的纯真。

特定区域内的民间歌谣，经由母亲之口传与下一代的小妈妈，由父亲之口传与下一代的小爸爸，一粒粒歌谣的种子就这样飘过山间，跨过海洋，而后被李叔同，被王洛宾，被一代又一代的诗人、歌者拾起，用他们全部的情感，传唱着心底的一份真挚，一份纯粹。那些来自乡间歌者心上的吟唱，每每近距离聆听，蕴藏在血脉间的清新流畅，总会让人格外动容，格外心醉。

好像那年的侗乡行板，寨子里的人都是民歌手。孩子们也似乎是在走路、吃饭、穿衣之外，不知不觉就增长了歌唱的本领。那个温润的午后，与一江清水相伴而来。街道泥泞，檐下不时落的雨，打湿了鼓楼里欢畅的芦笙，也打湿了风雨桥上婴孩的脸和妈妈手中的纸牌。

冬季的侗寨，幸运总是一次又一次降临。那是生命在大地上撞响的最强音——喜宴。木楼门开着，灯光有些昏暗，酒桌有些简陋，里面却淌着大地酿造的芬芳，于是进去讨杯甜酒，在这正月的好日子里。闺女两天前过了门，父亲仍意犹未尽，大碗里同样殷红的炖肉，杯子里同样醉人的甜酒，还有同样喷香喜庆的粉红糯米饭。在父亲的带领下，席上诸位情绪高涨，酒杯起落，歌声飘曳。为了新人，为了亲朋，为了鼓楼，为了山河，为了粮食，还有仁义礼智信，举杯歌唱吧，在这个醉人的夜晚。

侗寨里四处都浮着歌声，比酒更浓、更醇的是侗族大歌，是午过半百儿孙绕膝的阿婆们的歌队。那歌声沉实、明润，凝厚的有如包浆，岁月的韵味到底是少女歌队无法比拟。阿婆们肩并肩坐成一排，歌唱时她们的目光焦点全在那蹒跚学步的小孙孙身上。一切如侗乡檐下那高高挑起的侗布，泻下的蓝黑光泽和着木楼的纹理，光线下的细微变化，好像一首未完的侗歌，熏染着经年的生活，点点滴滴储满那与音乐共生的命运之盒。

拉萨谣

如果，一个男人用尽气力让幸福照耀你全身，你，会为他写写诗吗？

如果，一个城市用尽炽烈阳光将你融化，你，会为他唱唱歌谣吗？

西藏，我为你的牧歌而来。我翻过了多少座大山，跃过了多少条河流，一直无缘听到你的歌。遇见就遇见，错过就错过。就像我不敢奢求货车司机，伴着温柔的尼洋河水，会为我唱支亚东的歌一样。在拉萨，更是不曾想象被音乐激活的生命。青春越野，爱琴海，月亮之上，旋律任着雅鲁藏布的

携一把心爱的弦子走天涯

门帘，心动

波涛而去，一路奔放，一路豪迈。而我要的牧歌，那份清澈、宁静的单纯之美，此时，他在哪里呢？我要喊你的名字，我要哼着那动人的音符问每个会唱歌的藏族小伙子，我草原上的情人啊，你又在哪里？

牧歌，是《根源中国》里的一首藏歌。没有弦子的鲜明节奏，有的只是鸟儿尖喙里传出的轻啭，那是打通视觉、听觉，统治人灵魂的时刻，那是直抵心头的一束光，那是自由、明亮、静美的回响，守在北京的天空下，为了一个不染尘埃的男声，湿了眼眶。

牧场从冬走到夏，接羔的歌谣一遍遍唱个不停，像旷野里的花儿，一夜间漫艳了四周山岗，溪水淌着美妙的光，神鹰飞过，藏袍下的手，在古典的劳作。接着，太阳偏西，原野沉寂，裹了炊烟与暮色的黑帐唤醒了还未归家的牛羊，远方只身打马的少年心头最热的，当然是，那卓玛的酥油茶。

墨竹工卡次丹唱的山南牧歌，没有现成翻译好的汉语歌词。我也不曾敢于自负地为他译首自己写的词，唯有，期待旅途中再次与他相遇。

拉萨的最后一夜，尼玛藏餐馆的咖喱土豆牛肉饭还未上桌，陷在宽大的藏式沙发中喝茶聊天，有人举杯，有人谈笑，也有人低落。正是放下茶杯时，忽地门帘一掀，一把弦子探了进来，背后是一个男人喜悦的脸，他朝着一桌有男有女的方向直唱开来。也许是桌上的两个男人马上放下酒杯把手伸进裤兜掏钱的动作，败了那艺人的好兴致。弦子声跌跌宕宕，转而向另外两个大桌飘去，一首昌都酒歌，一首我还不曾知晓的藏歌，欢快得如溪水一般，甜甜地流进每个听者的心里。女人低了头羞怯地躲在酒杯后，男人一起豪爽地干酒欢唱。

留恋那门前有夹竹桃的藏式小餐馆的声音。于是，请那艺

点上盏心中的佛灯

大地上的游吟者

人把弦子与酒歌也缭绕于我片刻，可否？琴声响起，男人拖了嗓子，用一双眼睛真诚地望着我，抱着心爱的弦子唱得嘹亮。瞬间，男人仿佛抹去了刚才在藏人前的谨慎与卑微，那坦坦荡荡的热情声音，叫人不知不觉瘫软在这个秋夜，醉在这酒歌与牧歌的美好中。

那一刻，生命被点燃，被激活了。

这时，后厨里也传来了藏女纯情的合唱，无穷尽的音乐力量啊，把我引向心底的未知，也把每个听者唤入了拉萨梦境。梦中大昭寺前石板唰唰作响，八廓街上嗡嗡的转经脚步，汇向布达拉宫的念珠的默默，白日里拉萨河谷阳光律动的脚步，夜半广场上的哭泣与欢笑，三轮车叮当着飞快划过街巷，繁星下寺中大转经筒的吱呀，还有，还有，阿妈的童谣和梅朵的轻吟……

拉萨。拉萨。从夜晚到清晨，我都在为你敞开我的窗，接收着一切源于你的点滴信息，之后，我要再把他们变作，给你的歌谣。

彝人之歌

那年从石棉到西昌，越西河在右侧，稻田青青，大地润泽。云儿在走，鸟儿在飞，背了书包的小脸庞与山谷里的花一个样。晨雾蒸腾，水气重了，山河渐渐淌出赭石色的斑驳。午后，窗外温柔地划过了几行雨，轻轻探出头去，与大地相望，让雨水抚过脸旁。回过神来，车中不知是谁，唱响了彝人悠远的歌，把苍凉与忧伤直唱进西昌的黄昏。

是一个中年男人沉稳的歌声，飘荡在车厢的尘埃之上，又泻出窗外，流进夕阳。我坐在后排，对着时光中的歌声轻叹。终于忍住不去打断那歌声，

歌声飘落的地方

281

只是对着那红土地心中默默猜测，这反反复复的歌声，是情歌？敬酒歌？留客歌？还是毕摩在某个祭祀仪式上，唱起的原始宗教乐曲？那声音时而高亢，时而低沉，听得出一份源自大凉山大地上的古朴与纯真。我祈祷那赞歌能够长久些，再长久些。每句歌声尾音微颤，恳切之情一遍遍敲打着车窗，蔓延在大片大片的红土地上。

按捺下一份大凉山大地上偶拾赞歌的激动，终于等待长途车到达西昌后，背起行囊，一个箭步冲下车，回到家乡的旅人鱼贯而出，四下望去，茫茫人海，再找不到刚才车上那唱歌的中年男人。一个人颓唐、失望地呆立车站许久，叹那迷人歌声就这样轻易与黄昏、落叶一起渐入沉寂了。

大凉山小凉山
那里有我的梦
那里有我的爱
那里有我的月亮
山的那一边依然是山吧
山的这一边我总在牵挂
梦里的天堂大小凉山
那是我的家那是我的家……

这是三个来自大凉山的彝族小伙儿唱起的乡谣，他们的名字叫做"彝人制造"，三个俊朗、坚毅、暗藏高贵气质的长发小伙儿，唱起彝乡的歌谣却是格外柔情。那里有我的梦/那里有我的爱/那里有我的月亮……他们每首歌曲的开头，总有一段完完全全用彝语哼唱的小调，有的像是阿妈抱孩子睡觉的哄睡歌，有的像是毕摩的说唱，有的又像是山野间男女传递爱恋

大凉山间的百褶裙是天边一抹流动而凝重的云

的情歌。想走进大凉山，踏上那片红土地，贴近彝人的生活，去看看那荒凉、贫困的山间，有着与生俱来传承了某种贵族气质的民族。最初的动机源于彝人制造，源于那辽远而又神秘的歌声。

在到达布拖时，夜色已浓重起来。街上来往的人群难以分清男女，极宽阔的察尔瓦在昏暗的街巷中移动，仿佛硬朗、威仪的起伏山脉，裹挟着旷野的粗砂砾石而来，那是个脚底沾有红土的英武民族。入住的邮政宾馆，前台大姐不忘掷地有声地警告我，晚上可不要在街上乱走，这里有的人很野蛮，在对面那家饭馆吃好饭，就快回来睡觉啊。也许在有着相同语言、相同行为标准的文明社会，那个孤傲、矜持、……，在远古的传统文化被边缘化后，隔阂注定将越来越深厚。

待到第二日天亮，街上有了百褶裙摇曳的声响，有了银饰店叮叮当当的动静，有了以鸡蛋壳来占卜的念念有词。一切，混在牛羊前往市场的尘埃中，混进男人英挺眉宇下的逼人目光

秋日打麦场

里。跟在几条破旧却古典的靛蓝百褶裙身后，走过布拖大桥，
又经过几间灰黑瓦房，来到一片青葱菜地。人们行走在浓雾
里，披察尔瓦的父亲在巡视自家田里的土豆和萝卜，幼肩上背
着沉重草料的小姑娘，正要和她的牛儿一起回到她泥泞的家。

　　之后，又搭上了去往火烈乡的班车，一路大凉山的色彩，

皆呈现出大块大块的浓艳。无云的蓝天，金黄的麦地，红色的土壤，大地色的蛇形围墙。火烈，我是随着那打麦场上的啪啪声，追着山上那赞歌的召唤，以及那察尔瓦下的坚定有力的脚步而来的。在打麦场上，我被一群手握仿佛细长双截棍模样的原始打麦工具的彝族人合围了，她们穿着典雅的长裙，一双解放鞋下铺陈着大地收获来的金黄麦穗，大家围成一圈，口中念念有词，把那棍子一端先卖力挥向空中，而棍子另一截再由惯力落到麦穗上。那场景有如几世纪前的欧洲画，虽只是农民耕作的劳动一景，却是出于对大地心怀崇敬，而画出的上古的，优雅之美。她们争相看着我相机中刚才拍下的自己打麦身影，接着又用粗大的沾满泥泞的手指传看着林茨的《百褶裙》，看到了某某某的照片，先在口中惊呼，继而热烈讨论一番，随后用手一指，意思是说这人还住在那山上。离开时，本想因着一个手拿自己邻居照片的外乡人到来，会令这些打麦人心上泛了些涟漪，而实际却是将转身踏出打麦场时，身后啪啪啪的打麦声，便此起彼伏地响了起来。

几乎就在同时，对面山上又响起了仿佛长途车上听过的歌声，绵长而神秘，情深意切地飘下山岗，流淌在田野、庄稼、水塘、野花之上。那歌声似乎又预示着什么，召唤着什么，那赞歌确是有种宗教气质，在那声音的感召下，总想为他做点什么。这点后来在布拖的大街上得到了印证，据卖磁带的老人讲，那歌声是毕摩祭祀时的一种说唱。

而那边国歌声又响起，远远的猎猎红旗飘在空中。走进乡上的小学，和一群孩子还有一个老师站在蓝天下，小老师是从西昌过来的，问他在这里的生活艰苦不艰苦？他答，不。却无奈摇头说，这里学生辍学率太高，家里不重视教育，尤其是女孩子，没办法，在学校教的那几个汉字，回家一说彝语，就全忘了。说完，小老师望着学校操场发呆，我望着那质量不错的课桌椅，和教室相对的一排教师宿舍，以及一个挂在学校醒目位置的某基金会的牌子，轻叹眼前孩子们的命运并非某个慈善组织通过几次捐助，一朝一夕就能改变的现实。还是回到山间吧，看看那孩子们父辈的生活，以及他们栖身的家园吧。

沿着蛇形围墙，一路走上山岗，碧空如洗，阳光遍地，乡土气息越发浓郁。远远的，山上有人在劳作，于是走近去看看。我不知道她的名字，那天，她整个上午都面朝一片红土地，忙着晾晒过冬的粮食。赤了脚，着裤装的她，发丝与麦草混在山风里，面庞失掉了些青春的饱满，但那笑容却让人一眼认出，是她。她在林茨的《百褶裙》中出现过一张侧脸，当年的顾盼一笑，而今已染了这一秋的岁月丰润。对于我的到来，她很惊喜。好似一架慢悠悠的乡间马车，突然要在丰盛的秋季里止步，决定掉头狂奔回那似水的年华。

她看到多年前一个叫林茨的人为她拍的照片，眸子一亮，然后把脸埋入一双手中，笑了，笑得明丽中带着遗世的端庄和掩去的孤傲，像是大凉山旷野的气息。她说自己今天穿得不漂亮。女儿说裙子在屋里。她介绍我认识她的家人，又命女儿回家拿出百褶裙想让我拍照。挺拔、英俊的父亲站在一旁说着彝语，一定邀请我去家坐坐。于是她放下手中的农活，领我到她人畜混居的家中吃午饭，在火塘边热情递上水和洋芋，填补我的干渴与饥饿。她笑得灿烂依旧，端庄依旧。女儿的父亲，拉开一盏昏灯，指着夹在信封里的照片，说是几年前他们一家三口去西昌时拍的照片。

距离《百褶裙》一书照片上的她，时光已过去了近十年，十年红妆梦，一朝成现实。十年里她有了疼爱她的丈夫和可爱的女儿，她圆了一个少女关于家的幸福梦想。她把每日的劳作

凉山腹地的劳作

都当作大地的恩泽，用那日复一日的辛勤汗水，来感激大地赐予她的幸福，幸福是那家的和美，幸福是那不变的爱。直到坐在火塘旁，砖头搭起的凳子上，还在一直恍惚与书中的边缘部落相遇的真实。望着她的家，除了火塘就只剩了一张床的家，在那之外，日夜与她相伴的就是爱人、女儿和泥泞院中的一头牛。十年岁月匆匆，在她身上以及她的家中，并未感觉到太多天翻地覆的变化，她仿佛是与大凉山一起，以一种平静、安宁的姿态来应对世事沧桑。那场凉山腹地的相遇，如同那辆慢悠悠前往火烈的乡间马车一般，载着男人的梦与女人的心，多年

古典的彝族姑娘

后，依旧嗒嗒地停驻在远山的赞歌里。

次年，在金口河至成都一列沸腾的绿皮火车车厢里，与两个彝族小伙子挤了一路。火车开得很慢，小伙子歌唱得也很慢很温柔，凉山一点一点远了。我为他录音，然后又反复播放给他听，他笑了，笑得很真诚。回家后，火车上彝族小伙子的歌声，与布拖大街上买来的大凉山赞歌磁带，流着泪，一起反复听了，一遍又一遍。多么迷人的声音，多么想要刻意保留住记忆中大凉山的美好，无奈时光如梭，行旅匆匆，在还来不及说出些许人生期待时，竟已走完了那山一程，水一程的路。

一副口弦在秋天时吹响 令人心醉

一支短笛在黄昏时吹响 令人心醉

此刻我泪流满面啊

只因我永远不想与我深爱的阿惹分开

路总有尽头 总有分岔口

我希望和阿惹的情感之路温暖永恒

吉祥吧 所有珍爱的人们

吉祥吧 我和阿惹的爱情之路

愿一切归于吉祥

我爷一辈子的「花儿」命

海原县庙儿沟村，和所有西海固的村庄一样呈现着一种干渴焦黄的调子。这也是很容易让人窒息的调子。

庙儿沟距离县上也就三十里地远。坐上旅店小柳的车，"三二八"就突突突地启动了。小柳最终也没闹明白为什么一个女娃，大老远非要来这山沟沟里住上几天？而我也没弄懂为什么西海固地区管密封比较好的三轮"摩的"，叫"三二八"？甭管闹得清楚还是弄不明白，反正庙儿沟是到了。

最开始欢迎我的，照例还是拴在羊圈里的那只细长腿儿的大黑狗。

会唱花儿的牧羊人

291

唱了一辈子花儿

　　"奶奶，又来看您来了。"老人张着两只从面团里拔出的手，走出黑黑的灶间来迎我说："快，快进屋里放东西去，我还得给老汉和两个娃做面去。"说完挪着步子就又张着两手回到了那漆黑的灶台边。

　　放下肩头沉重的背包，看着我爷屋子里占着一半空间的大土炕，看着我爷柜子上的奖杯，看着灰沙发旁的旧电视，看着头顶房梁下挂着的竹篮，看着这些站在那儿出神。不一会儿，外面一阵嘈杂，有羊拖拖拉拉进圈的声音，是我爷回来了。

　　我爷叫马生林，是西海固家喻户晓的名字。我爷是个"花儿王"，我爷也是个羊倌儿。

大地上的游吟者

我爷不善言辞，掸去了一身的土，摘下草帽，进屋用穆斯林家庭必备的净身壶沾了几滴水，双手倒着搓了搓。又看了看家里桌子上，被我叽里咕噜摊了一堆的香蕉、蛋糕、芹菜、圆白菜、梨子、橘子，还有一只鸡。然后不免用他的方式客气一番，开场白依然是"啊呀呀，住在这土窝窝里，怕你不习惯，过两天就会给你饿瘦了。来看我，还带这么多东西……"我笑笑回答："这些我不是还能吃回去的嘛。爷爷，听他们县上的人都说您收徒弟啦？县上人说您天生就是唱'花儿'的料儿，县上人还说您是西海固实打实的金嗓子。"我爷边听我说着，边垂着眼皮子，靠在炕沿儿边，时不时地深咳一阵子，然后告诉我说，他这咳嗽有一两个月了，一直不好。昨天来的那几个人，他都认得，还以为我是他们中间哪一个的女娃呢。我急着争辩："您看，您看我这外乡人是露着头发的呀，什么都没戴啊。"说着说着，我爷就笑了。

　　这边和我爷聊着，那边奶奶就叫着"吃面了"。

　　手擀面装在个大瓷碗里，旁边一小盘是盐淹的青椒圆白菜，可以拌面吃的。不一会儿，外面又响起一阵笑声，两个中午才放学的娃也跑回来吃饭了。上了一年级的男孩先扫了我一眼后，放下作业本就钻到灶台边去了，刚上学前班的女孩，站在土炕前愣愣地看着我，仿佛只要我一开口她也会拔腿跑掉似的。

　　"吃、吃"，我爷和奶奶都在催我快动筷子。

　　我爷问我在家都吃些啥？我说，米、面都吃，我姥姥也特会做面食。我爷用手在自己脸边上比划了一圈说，来我家会给你这娃饿瘦的。他老伴在一旁用手背抹着干涩的眼睛，一边又向我伸出四个指头，一边说这里连着四年没成庄稼了。她拖着西海固地区特有的哭腔还没说完，原本静静躺在小桌上的筷子被我悄悄拿在手里了。我没任何理由拒绝、剩下或浪费这一大海碗用大红头像换回来的面食。它虽不是我最爱的炸酱面，但它是养我性命的麦子。

　　等我点头说，奶奶做的面香。他们也就端上碗，边笑边吃了。我爷对我说，买来的面太不禁吃，原来庄稼长得不错时，喜欢唱"花儿"的人还多，

现在年轻人都去银川打工了，"花儿"也就不容易听到了。

两个娃端着碗，站在那儿吃了面，抄起作业本又一阵风似地跑回学校了。我问这女孩好端端的头发，怎么也剃得像个小子，露着秃秃的大半拉后脑勺？我爷说是他亲手给剃的，长虱子了。

他俩走后没多久，就淅淅沥沥下起了小雨。雨点打在土墙上即刻就被吸了进去，听不出半点动静，留下的唯有沿着屋檐掉进水桶中的滴答滴答声响个不停。西海固的雨下得淡淡的，没有什么先兆，来得宝贵，来得也不是时候。西海固昼夜温差大，白天下雨晚上很可能就上冻，盼了一年的荞子、洋芋可能又要遭殃了。我爷越过门槛望着头顶的老天沉默着，我知道那是我爷索着眉头的担心。

我爷说下午出不去，羊会饿的。说着便走出被炭火熏热了的屋子，抱起隔壁屋里像绳子似的干草就进了湿嗒嗒的羊圈。

"奶奶，帮您洗碗来了。"我进去时看见灶台上摆着刚吃过面的碗，已被抹得个个干净。再看奶奶她老人家带着自制的白尼龙头巾，正站在土炕上，面向墙壁默默祈愿祷告，神情肃穆庄重，对于我制造的动静仿佛根本没有听见。自己正纳闷儿着，刚刚村上大喇叭的广播响过了吗？那一声声笼罩田野的诵经词，仿佛全部被雨吸走了，而我简直一点都没有听见。是啊，虔诚的教徒是无需用广播来提醒他们净身与祷告的。

我爷进屋后轰走了跳到门槛里边来找食的母鸡，我爷说咱们去不了外头唱"花儿"，就在家里听"花儿"吧。说着就掏出钥匙开始翻箱倒柜，找寻那些他珍藏的哪怕是只言片语的与"花儿"有联系的物证。这里面有我见过的照片和证书，也有我没见过的关于"花儿"的剧本和唱片。就是这个紧挨着土炕绘着花草的柜子，就是这个毫不起眼的柜子里，锁着的却是我

在爷家吃面片

爷对"花儿"痴情了一辈子的爱恋与惆怅。

　　我爷不比一般旱海的羊倌儿，我爷是见过大世面的人。我爷曾被请到《民歌中国》做客，也曾被北大、清华邀请，要他在电视观众面前，要他在讲堂里的师生面前，亮一亮他的"金嗓子"。我爷天生一副清亮高亢的好嗓子，我爷说这是天生的。

县上文化馆的人叫我爷：老马。这是因为我爷曾经在文工团待过五六年，后来因思想不够与时俱进，说自己不会跳舞，也不愿跳舞，便被发配去了传达室看大门，后来年纪大了，团里干脆打发他回家继续本本分分地务农。迷"花儿"、好"花儿"的人叫我爷马老师。这不仅是徒弟们佩服他的"金嗓子"，也不仅是现在有关"花儿"的民歌调子几乎都吸收了我爷原生态中的精华，他们称我爷爷为马老师，更多的是尊敬他的艺德和为人。而我叫他爷，一是我们都觉得这样的称呼中间少了层隔着的东西，老人听着高兴，二是这一生让他大起大落的"花儿"与他相伴走过了已有四十多个年头，"花儿王"已转身成了"花儿爷"，三是有天问两个娃，谁最疼他们时，他们一个说是我爷，另一个说是我奶。我随口也就叫了我爷，当然我也告诉我爷说，在北京跟我一块儿生活的八十六岁的老寿星爷，唱圣歌唱跑调儿是常有的事儿。听我说话，我爷马生林，会不自觉地笑着，我知道那是宠孩子的笑容。

奶奶在灶台边的土炕做完祷告，来了这边屋里说让我上炕待会子。我说，还没跟我爷聊完"花儿"呢。我爷不慌不忙又找出钥匙打开柜子，从里面掏出了台银色的DVD机，说这是银川一个大学里的老师送他的，是个迷恋"花儿"并拜我爷为师的人。

接通插销，打开电源，放好碟片，这一下午的时光便被电视里一首接一首放着的"花儿"，和我爷舒心的笑声填满了。唱"花儿"的有悠长浑厚的女声，有轻朗明快的男声，有对歌的，有独唱的，有四五人合唱的，有一两人清唱的，有快乐与悲伤的融合，也有欣喜与幽怨交错。我爷指着电

视里出现的一个圆圆脸盘、高大丰腴的女子说，几年前在莲花山不少次的"花儿"大赛上都跟她对过歌，她唱得实在是好。一会儿又指着电视里一个忘情投入地唱"花儿"中年人说，这DVD就是他送的，他对花儿迷得很，嗓子又清又高是个唱"花儿"的料子。我爷说会唱"花儿"的根本不用人教，听多了，只要有天份自己一下就能开口唱了。我爷清了清嗓子，接着又深深地咳了起来。我给了我爷甘草片，让他好好休息嗓子，嘱咐他今天没必要急着开腔。

屋外的雨，一直未断。奶奶进进出出地把我带来的一只土鸡收拾完，放到铝盆里给煮上了，接着脱鞋上炕，听了没一会儿"花儿"就睡着了。转眼天就擦黑了，两个娃顶着小书包进门了，他俩身上、鞋上、头发上、睫毛上，都沾着湿漉漉的雨水，鼻涕泡和脸上的雨水

放牧人想着的也是心中的"花儿"

也混成了一团。俩小家伙一回来就闻着溢了一屋子的鸡汤味，揭开锅盖，看着那只已炖成了金黄色的鸡，便着急地质问说，咋，你把鸡杀了？奶奶边解释，边给两个湿透的娃换衣服，娃们的鞋都是自家做的布鞋，怕再湿了就光着小脚丫跑在这片旱

海难得降临的雨水中。

吃饭前瘦瘦的两个娃，蹲在地上一人啃着一只瘦瘦的鸡爪子。奶奶给我盛了碗鸡肉，摆在我面前。我说，平时在家吃得比较素，您就甭客气地吃吧。她把鸡肉又让给我爷，然后神秘地对我说，家里的一只鸡这些时候天天都能下一个蛋。

晚饭是奶奶揪的一锅面片，炭烧得不够旺时，需要摇着鼓风机让炉子里的炭、柴、草、羊粪一起燃得红火起来。我和小女娃替换着手摇，小男娃则独个儿爬上炕头卧倒下来，一手撑着腮帮子，一手拿笔写着拼音作业，时不时无可奈何地瞟一眼电视中的"花儿"，然后伸头看看开了锅的面片，接着又继续垂头丧气地向本子上涂着什么。我冲他做个鬼脸后，就和正听得起劲的我爷说，咱明天再看吧，您看这俩小家伙可能该看动画片了。我爷碍着面子，按了停止键，让"花儿"结束在了"阿哥们是孽障的人"的歌声里。满足了看学问猫要求的两个娃，那一刻发出的略带羞涩的咯咯笑声，仿佛让人觉得比听了一下午的花儿更为动听似的。

放在屋檐下接水的桶子里，渐渐不再听得到雨的滴答声了。饭后云开雾散了的西海固，落下了一片碎碎的星光。低垂的星星让西海固的夜变得更加寂静了，除了微湿的空气和泥泞的大地外，繁星下的山塬、大地、村庄无非都进入了西海固再寻常不过的一个夜晚。

两个娃吃了饭，这一天过盛的精力好像也就全用光了，他俩爬上炕去，不脱外衣就趴下身子，倒头就着了。我还在和我爷小声地继续"花儿"话题，但问题已从歌词、曲调、唱腔、发声上，转移到了县上那些喜欢唱"花儿"人背后的大小故事上了。奶奶在伺候完一家人老小吃饭后，自己则不食也不语，站在灶间的土炕上默默继续着她的信仰，伴着她的祷告的影子，也被印在土墙上放大到不能再大。

时间才指到晚上八点半。我爷说，不早了，明一早还得跟我去上山放羊。

晚上与奶奶、妹妹合盖一条被子的小男娃，在梦中踹了我几脚。我侧过身，抚一抚他的后脑勺，他立刻就安静了下来。后来我也在这名副其实的土

旱海里生出的"花儿"

炕上梦见了一个人，其中的情节似乎和在鄂温克人的小白帐篷里没什么两样。

又是一日的鸡叫了。睁眼看看外面还一片漆黑，但睡在窗户边的奶奶，已是跪在炕上开始面向麦加的方向，飞快地颤动嘴唇了。

我从窖里提来水洗脸，收拾干净。等我爷那屋也有了动静，奶奶就又去张罗早饭了。两个娃睡眼朦胧地醒来，摆在他们面前的已是一大张热腾腾、喧乎乎的金黄烙饼了，照例那饼子里放了不少穆斯林喜欢的苦荞子。奶奶又悄悄对我说，她家大姑娘是养蜂的，说着就给我倒出了不少蜂蜜让我蘸饼吃。

我爷一起来就四处找他的水晶墨镜，那墨镜可是我爷唱"花儿"时必不可少的行头。我爷知道，我想跟他去放羊，想站在山上听他唱"花儿"。吃够了麦香味很浓的烙饼，喝饱了不太清亮的茶水，暂别了奶奶和两个赖床的娃，拿上鞭子，戴好草帽，我就和我爷一前一后地上路了。

昨天下午几只饿坏了的羊，几次从栅栏里跳出来找食。今天早上打开栅栏，羊更是一下子就撒了欢，不知道排队，也搞不清方向，看见长得绿的

植物低头就是一口。我爷用拐杖撑着身子上山，三步并两步地追上羊，抄起石块，上去就利落地丢向羊屁股。喊着，啊呀呀，这可是人家的荞麦啊。一会儿那边几只羊又呼呼啦啦跑去了别人家的洋芋地里，我爷接着下山又继续跑着去吆喝那些羊。我用鞭子抽不响，加上不会喊号子，羊自然不会听我摆布。我只有干看着我爷在干松脆弱的田野里跑出一长溜儿烟尘，也只有干听着我爷站在地里一遍遍吆喝着。

这时出现在垃圾处理厂边上的几个人，靠过来问，我是来干什么的？我说，来听我爷唱"花儿"的。等我爷赶着这边几只在地里贪吃的羊走近后，那几个人问我爷说，你唱"花儿"，她给你多少钱？我爷说，她跟我去放羊的。

我爷说，昨天下雨给羊饿坏了，一点都不听指挥了，说着又用鞭子啪啪地抽了几下，羊群颠着肥嘟嘟的小尾巴，仍旧饥不择食地贪恋着半荒漠沙地里的绿色。我和我爷上得一个高高的土岗，蹲下来看着被赶进山坳里的羊群疯狂的吃草。

我爷说，西海固很久不见绿色了。

我问，现在这儿早就没发菜了吧？

没的，啥也没的。

我说，小时觉得发菜挺好吃的。又问，那您年轻时就是对着这荒山头唱"花儿"的吗？

那时就是这土窝窝。接着我爷又用手里的拐杖指给我说，翻过这个山头头，那边有个姓李的"花儿"唱得好，这边对面的汉族村里有个姓王的，唱得也好。

那您不到二十岁唱"花儿"就出了名，奶奶就是您唱"花儿"，唱来的吧？

啊呀呀，那会子哪里有啊，都是包办的。

是啊，城里的女人很多都知道您的名字，您就一个也没看上？我忍不住仍想刨根问底。

我爷对着荒山笑了笑说，那时刚唱上几首，身后就有不少排队送水送馍馍的，啊呀呀，早过去的事了。

上了高山望平川（呀）

平川里有一对（嘿）牡丹

红牡丹红的（是）耀人（呀）

白牡丹白的是笑人（哩）……

我爷拉开嗓子就是一曲，像尊雕塑般对着荒山里的一对牡丹，低诉情感。而我着迷这"花儿"的歌词，着迷这拖着哭腔的颤音，着迷我爷嗓音里的醇厚和沉郁，着迷这声音与旱海轻触的刹那，显现在清真寺之上纵横着日月与星辰的情感，着迷这穿透力极强的歌声在田垄、高山、天际间苍凉的回荡。我毫不怀疑，如果是我生在这片土地上，我也会像我爷一样为旱海的"花儿"痴狂一辈子。

我爷说，唱"花儿"不只要嗓子好，还能要有见啥唱啥的本事。我笑

上了高山望平川

嘻嘻地说，瞧这红嘴山鸦叫得也怪好听的，听您唱完牡丹，它也想唱两嗓子芍药了。我爷说，这叫轰（红）醉（嘴）哑（鸦）儿原来多得很，现在没收成，哑（鸦）儿也少了。

　　出门往树上看

　　尕喜鹊趴趴窝（呢）

　　掀开门帘放炕上看

　　白牡丹正睡着了（哩）……

　　鹞子飞了鹰没飞

　　鹰飞是铃铛儿响了

　　阿哥走呢是心没走

　　心走也是尕妹妹想你……

　　我爷右手贴在耳边弯个弧形，扬扬头又在这荒山上大声放歌两首，那声音沉稳而有富有张力。我蹲在他身边听着，耳边呼呼掠过的山风，竟一点没觉得把我爷的歌声吹散。从相机中看我爷那表情，这完全不是一种在什么《民歌盛典》中能看到的表情，这不是一个口弦加一副苦腔就能道尽的，这是跟大地和时间较量的表情，藏在歌声中像刀子样的刻进皱纹里的表情，岂止单单是哽咽处的伤痕累累。末了，我爷唱罢两曲后，朝我微微笑着点头致意，我想这个瞬间也许才是通常在电视上看到的表情效果。

　　我爷用普通话给我一句句解释着歌词中粗重的西海固方言。我爷说那时他还小，很多村上的人都走银川、走兰州了，拴在马上的铃铛是越走越远了，但走远了心里还惦记的最是家里的红面袄、白牡丹，这"花儿"词也就是这么出来的。这里唱的叫"山花"，就是没人时唱的，带着山里的野味。

　　远看黄河是条线

　　近看黄河是海边

　　远看了尕妹是金黄脸

　　近看了尕妹是牡丹

唱完了，我爷神秘地笑笑算是这个曲子的结束。我问我爷可曾听过六盘山的"花儿"，我爷说他没去过那边。我又问那个唱"花儿把心淹了"的五朵梅，他可曾听说过，我爷又摇摇头。我爷说青海、甘肃的"花儿"，和我们宁夏的"花儿"差别不小。我说，那这是不是还是和地区、气候、风俗习惯有关系呢？我爷这次点点头，接着把眼睛停在了远方黄沙中的沟沟梁梁上，仿佛在说西海固的这些调子和歌词是用泪蛋蛋漫过的"花儿"啊。

我爷说，你看羊肚子一个个都鼓起来了吧，羊差不多要饱了，要让它们喝些水了。我爷重新站起来时没有叹息，但我爷在山上一直没摘下他心爱的茶色墨镜。我知道那其中的一部分是我爷不想让我看出他眼中的哀和怨，他清楚自己无论是"花儿王"，还是放羊倌儿，要坚守的唯有西海固的生存法则，这是我爷注定了一辈子的"花儿"命。

后来继续在西北大地寻找"花儿"的路上，我反复地听着与我爷刚见面时，他唱的第一首曲子，不知我爷是有意的，还是无意的，一开口就唱了这首《亏死了你莫和旁人说》的"花儿"。

清茶不喝麦（砖）茶喝（呦）

喝死了你凉水喝不喝（呦）

哎呦……

你有什么愿望跟阿哥说（呀）

亏死了你和旁人不要说（呦）……

"最美中国系列"丛书简介

"Zuimeizhongguoxilie"congshujianjie

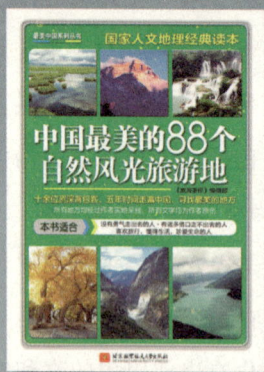

《中国最美的88个自然风光旅游地》

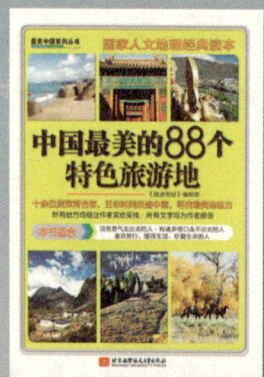

《中国最美的88个特色旅游地》

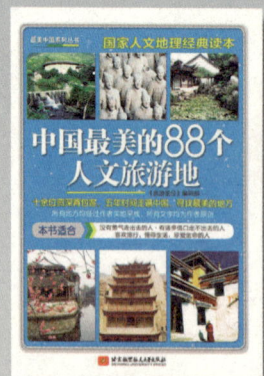

《中国最美的88个人文旅游地》

"最美中国系列"丛书是旅游圣经团队历经数年发展、走遍中国后推出的巅峰之作。团队组织所有优秀作者撰写本系列，可谓十余位资深背包客视野中的"最美中国"。

本系列丛书内容系作者原创，是他们心灵的真实感悟；照片系作者亲自拍摄，是他们对美的瞬间永恒的诠释。饱含人文底蕴的文字配上震撼人心的精美照片，定会给读者带来极致美好的心灵慰藉。

本系列丛书共三本：

《中国最美的 88 个自然风光旅游地》

书号：ISBN 978-7-5124-0242-3

定价：39.80 元

出版社：北京航空航天大学出版社

《中国最美的 88 个特色旅游地》

书号：ISBN 978-7-5124-0320-8

定价：39.80 元

出版社：北京航空航天大学出版社

《中国最美的 88 个人文旅游地》

书号：ISBN 978-7-5124-0394-9

定价：39.80 元

出版社：北京航空航天大学出版社

"中国最美旅游线路" 丛书简介

"Zhongguozuimeilvyouxianlu"congshujianjie

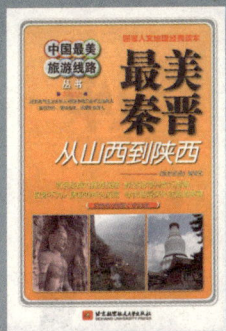

《最美秦晋——从山西到陕西》　　《最美江南——从南京到上海》　　《最美中原——从洛阳到商丘》

《最美徽州——从黄山屯溪到三清山》　　《最美湘桂——从湘西到桂林》　　《最美福建——从厦门到闽东海岸线》

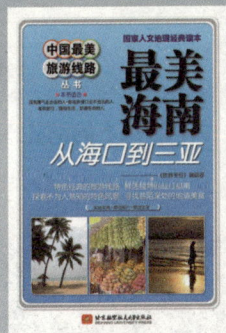

《最美海南——从海口到三亚》　　《最美云南——从昆明到丽江》　　《最美西藏——经绝美川藏线到荒原阿里的旅行》

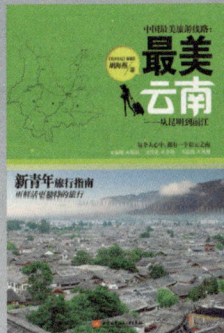

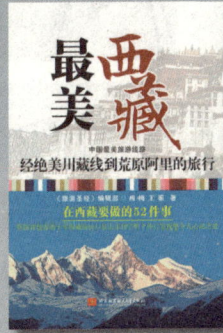

　　本套丛书追求有个性有特色的旅行，淡化走马观花的传统方式，追求历史、文化、民俗的深度感悟、风景、美食、住宿的独特体验，倡导"大景点"概念，提倡在一个地方要做几件事。除了游览出售门票的传统景点之外，更推崇在当地探索不为人熟知的特色风景，寻找巷陌深处的地道美食，住一家温馨浪漫的小客栈，听一段地方戏，寻一件民间工艺品……这套丛书还打破了传统旅游书以省划分的模式，每本书都不限定某一个行政区域，而是在全国范围内精选多条特色经典路线，设计出最合理的行程安排，每条路线又可以根据读者不同的时间兴趣分化为数条小路线，全书景点行程可相对独立又紧密相连贯通一体。本套丛书由资深背包客实地考察后撰写，文字和照片均为原创，定能带给你全新的启示，使你的旅行充满趣味，更加丰富多彩。

"游记系列"丛书

"YouJixilie"congshu

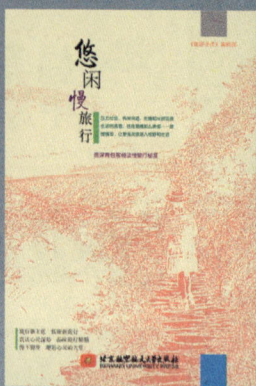

《悠闲慢旅行》

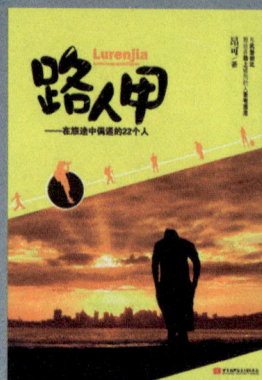

《路人甲》

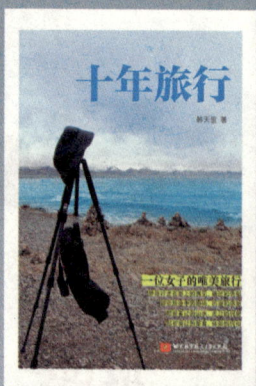

《十年旅行》

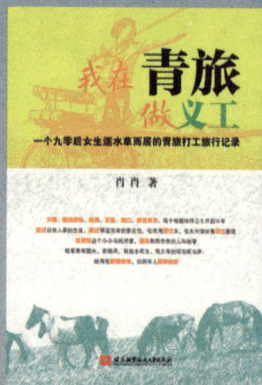

《我在青旅做义工》

《阳光下的清走》

《一个人旅行直到世界尽头》

《背着家去旅行》

《搭车旅行：那些边走边晃的日子》

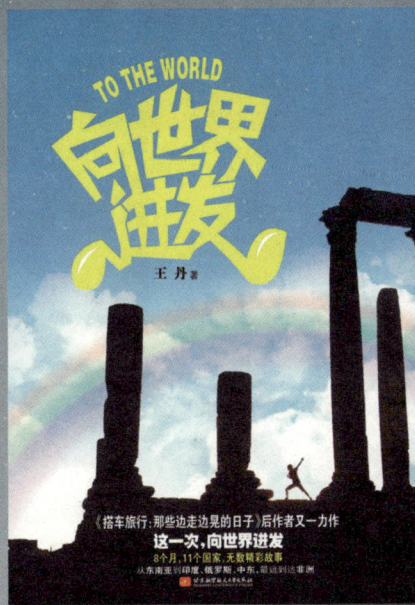

《向世界进发》

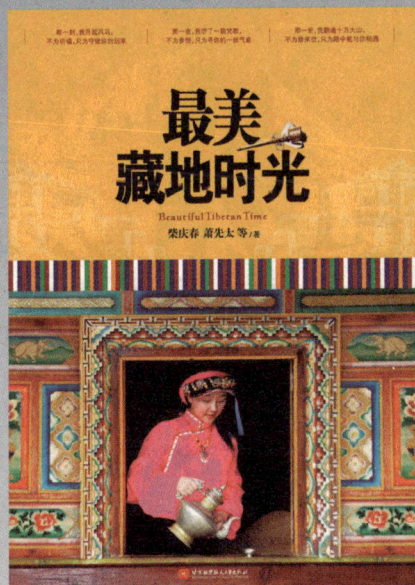

《最美藏地时光》

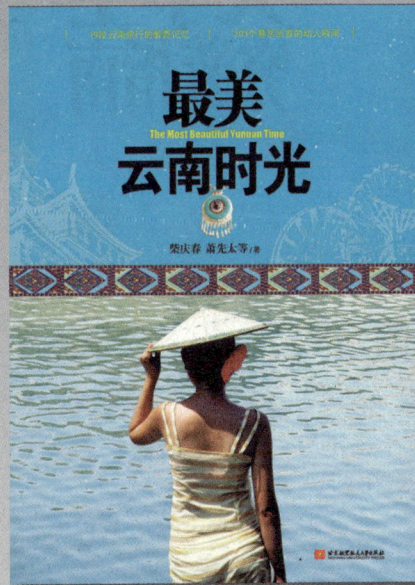

《最美云南时光》

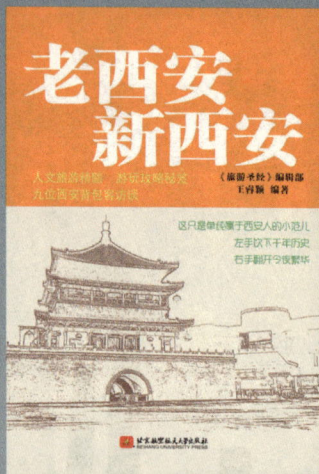

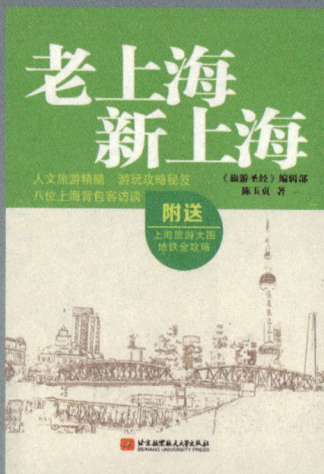

《老西安新西安》　　　　《老上海新上海》　　　《老北京新北京 2012-2013》

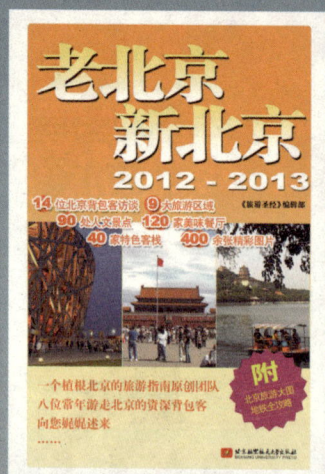

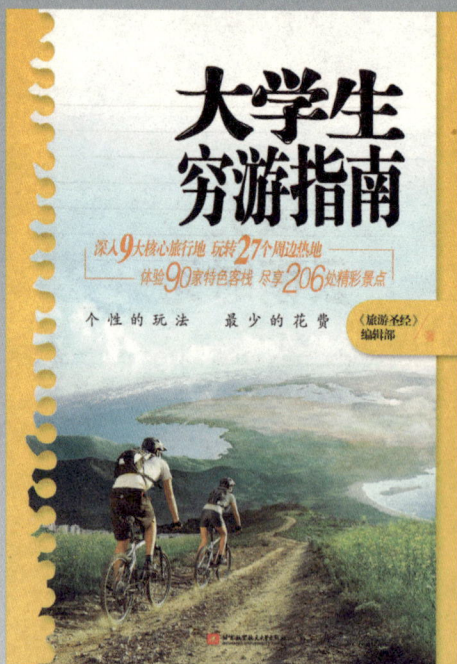

《大学生穷游指南》　　　　　　《背包客》

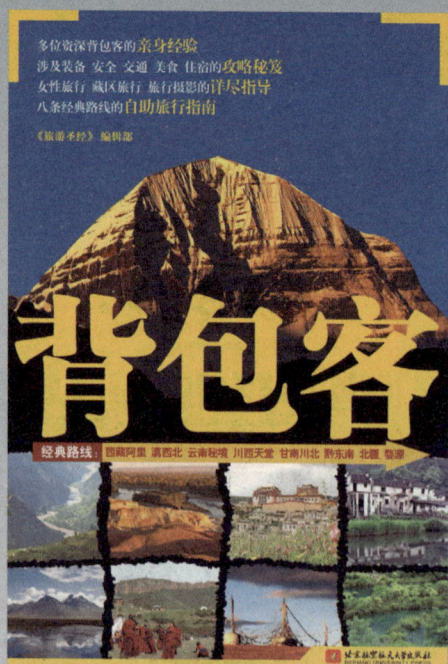